TAI WO ESTATE 01

孤泣作品

獻給長大後的映雪與映霜。

CONTENTS

CHAPTER 00 序章 008
CHAPTER 01 太和邨 TAI WO 014
CHAPTER 02 鎖邨 BLOCKADE 060
CHAPTER 03 怪體 HONSTER 098
CHAPTER 04 淪陷 FALL 138
CHAPTER 05 拯救 RESCUE 172
CHAPTER 06 中學 SCHOOL 214
PART II 序幕 280

CHAPTER 00 序章

十八年前，大埔太和邨。

當年，我跟孖生的妹妹只有四歲，跟爸媽一起住在太和邨。那一年，是我們童年中，最快樂的一年。

最快樂的一段經歷。

直至現在，我們也沒有忘記，身邊曾經出現的魔法師、治療師、藥劑師、劍士、弓箭手、刺客、學者、槍兵、小丑、音樂家、斧頭戰士，還有各種可愛的……**怪物**。

最後，我們的等級是98級，雖然沒法達到99級，不過已經是全部人之中最高的等級。

除了「他們」。

我跟妹妹是什麼職業？

爸爸跟我們說，我是治療師，妹妹是藥劑師，我們的工作，就是治療大家的傷勢，還有所有人的……**心靈**。

妹妹總是帶著《再見螢火蟲》出現過的佐久間水果糖罐子，當有人受傷時，就會給大家吃不同味道的糖果。

「草莓味是補血、青蘋果是加魔法、薄荷味是加攻擊力、檸檬味是……是……」她在數數手指。

「加防禦力啊！」我提醒她。

「家姐！我知道啊！不用教我！」她皺起眉頭說。

因為妹妹經常忘記，當我提醒她時，她總是不喜歡。

罐子糖最少出現的「巧克力味」，是非常重要的治療藥，因為可以讓死去的人「復活」。

爸爸說，復活藥要留在最重要的時間才可以吃，而且他說NPC是不會吃藥的。

NPC就是「非玩家角色」，就如我們遇上的「怪物」。

在遊戲中出現的職業、等級、治療藥等等東西，為什麼我跟妹妹都非常清楚？

因為從我們嬰兒時期開始，就在爸爸的身邊陪伴他玩遊戲機，爸爸最喜歡玩就是JRPG日系角色扮演遊戲，《太空戰士》、《英雄傳說》、《勇者鬥惡龍》等等，只要我聽到開場音樂，已經知道是什麼遊戲。

我跟妹妹就在這個充滿科幻元素的**童話世界**遊玩著，當然，還是有痛苦的時候，不過，整個冒險的經歷，都是充滿了歡樂。

有人說，人類三歲後才會有記憶，我慶幸那年經歷過的事，我們已經四歲，有很多記憶一直也留到現在。

難忘的時刻有很多，其中有一次爸爸的手臂受了傷，血水從手臂不斷流下。

我們躲在防煙門後方。

「草……草莓味！」妹妹把糖果給爸爸吃。

「乖！」爸爸微笑拍拍妹妹的頭，然後吃下糖果。

爸爸的表情還是很痛苦，不過他笑著跟我們說：「妳們的等級又升了1級！很厲害！」

「太好了！」妹妹高興地說。

此時，有聲音在防煙門的前方出現，爸爸立即做了一個安靜的手勢。

「別要說話，我們現在是玩躲貓貓遊戲，如果沒被發現，我們又可以升級了！」他輕聲地說。

我跟妹妹立即用手掩著嘴巴。

聲音愈來愈接近，我在門縫中看到一隻……**長頭怪**經過，牠在四處尋找什麼東西似的。

牠的頭是正常人類頭顱四倍的長度，臉上的五官被拉長而完全扭曲，只有血盆大口是正常的，而且嘴邊流著鮮紅的血水。

我跟妹妹一點都不覺得害怕，牠們就像是《迷你兵團》(Minions)的角色Kevin一樣，只是頭長得很長很長而已。

我覺得蠻可愛呢。

長頭怪經過，當時爸爸的表情非常驚慌，不過我跟妹妹一點都不怕，我們對望了一眼，然後微笑了。

因為，如果沒有被長頭怪發現，我們很快又會……

升1級了！

太好了！

……

…

．

孤泣生存懸疑冒險故事，帶你進入一個黑暗、人性、血腥、恐怖、被困、逃出，充滿不明生物的……「童話故事」世界。

CHAPTER 01 太和邨

TAI WO

CHAPTER 01 太和邨

01 TAI WO

太和邨，位於大埔的一個公共屋邨。

太和邨全邨單位數目共6,913個，整個屋邨分成12座，其中3棟屬於寶雅苑的是居屋，其餘都是公屋。

太和邨包括12棟大樓：第1座喜和樓、第2座愛和樓、第3座新和樓、第4座居和樓、第5座翠和樓、第6座麗和樓、第9座安和樓、第10座福和樓、第12座亨和樓。

本來12棟樓宇的名稱是以「喜愛新居，翠麗雅緻，安福永亨」為名，後來，因為有3棟改為居屋，而改成第7座逸和閣、第8座興和閣和第11座家和閣。

愛和樓、安和樓、亨和樓都是單翼長型，其他則是Y字型的設計。

邨內設施一應俱全，除了東鐵太和站，還有小學、中學、太和廣場、體育館、救護站、消防局、足球場、籃球場、超市等等，附近還有運動場、游泳池、遊樂場等設施。

雖然已經有三十多年的樓齡，不過，怎說也算是一個很好的居住地點。有不少的居民從小已經在這裡居住，長大後組織家庭，生兒育女。

包括了他。

太和邨第6座麗和樓升降機大堂。

「等等！」一個老婆婆走向升降機：「啊？彰生你好。」

「妳好。」他看著身邊兩個女兒：「是張婆婆，妳們快點叫人吧。」

「張婆婆你好！」兩個女孩同聲說。

「妳們這對孖女真乖，呵呵！」

張婆婆跟他們是鄰居，都住在同一樓層。

「好吧，我們上樓吧。」他說：「妹妹，我們是住在幾樓？」

「十一！」她舉起手說。

女孩按下了十一樓，升降機門關上。

男人叫彰月側，從小已經住在太和邨，長大也沒有搬走，一直住下來。四年前，他的太太懷上了一對可愛的孖女，現在他們一家四口一起住在這裡。

他們的家境不算富裕，兩夫婦都要工作，不過，彰月側是一個非常樂天又愛家的人，他打兩份工也沒有任何怨言，看著兩個女兒長大，就是他生活中最幸福的事。

雙胞胎大女叫彰映雪，而二女叫彰映霜，她們都非常可愛。

升降機來到十一樓。

「跟婆婆說再見吧。」彰月側說。

「再見婆婆！」家姐跟婆婆揮手。

他們住在Y字型樓宇的不同單位，走出了升降機後，分道揚鑣。

「爸爸，剛才婆婆的手好像受傷了。」家姐彰映雪看到剛才婆婆手上的繃帶。

「老人家都比較容易受傷呢，別怕！下次映霜給婆婆吃一粒糖果，她的手就會立即好過來！」爸爸笑說。

「好啊！婆婆應該會很喜歡吃糖果！」彰映霜高興地微笑。

「快回去吧！媽媽在等妳們！」

「好！」

然後兩個小女孩在走廊奔跑回家。

孖女樣子不太相似，性格也完全不同，家姐映雪比較懂事，非常聰明；而妹妹映霜活潑好動，經常想出一些鬼靈精的主意。

「啪！啪！」

他們走過了走廊中間露天的位置，彰月側突然聽到電錶房的藍色鐵門裡面，傳來了拍打的聲音。

彰月側覺得奇怪，他停下腳步看著藍色鐵門，卻沒有任何異樣。

「是我聽錯嗎？」

「爸爸快來吧！」彰映霜向他揮手。

「是！來了！」

彰月側沒有再理會那些聲音，走回自己的單位。

「回來了嗎？」孩子的媽媽打開了大門：「去公園玩開心嗎？」

「開心！」

「回來後要洗手！很快就可以吃飯了！」她溫柔地說。

「好！」

他們一家回到了自己的單位，大門關上。

沒有人的走廊，寧靜得有點可怕，畫面再次移到電錶房的藍色鐵門上……

……

…

．

「啪！啪！」

CHAPTER 01 02 太和邨 TAI WO

晚上，太和邨第12座亨和樓。

本來嚴禁進入的天台，今晚來了一班在附近學校讀書的中學生，他們聚在一起講鬼故。

「你們有聽說過嗎？我們讀的康樂中學曾經是亂葬崗！」一個叫大勇的男同學說。

「為什麼所有學校都是亂葬崗？」另一個女同學問。

「講故別駁故！」大勇說：「聽說在十樓女廁曾經有一位師兄吊頸死！」

「白痴！你亂說吧！我們學校只有八層，何來十樓？」另一個男同學說：「作故事也作個好的吧！」

「不！因為以前……」

就在大勇想解釋之時，天台鐵門傳來了拍打的聲音！

聲音突如其來，把他們也嚇壞！

「呀！」兩個女同學一起尖叫。

「發……發生什麼事？」

他們一行五人一起看著昏暗的天台門，拍門的聲音消失，再次回復平靜。

這種平靜，非常恐怖。

「會不會是大廈保安？」

「你快去看看！」女同學說。

「為什麼是……是我？」大勇指指自己。

「因為你叫大勇！什麼十樓女廁有人吊頸死你也不怕，現在就怕了嗎？」女同學說。

「我才不怕！」

激將法對於這個叫大勇的男學生非常有用，他慢慢地走向發出聲音的鐵門。

「啪！」

鐵門再次傳來了拍打聲音！

大勇本想立即逃回同學那邊，不過，他很愛面子，硬著頭皮繼續走向鐵門。

「是誰？！」大勇叫著：「是不是看更？我住在亨和樓的！」

沒有任何的回應。

大勇決定打開鐵門看過究竟……

就在他伸手想打開半掩的鐵門之時……

突然！！！

有東西快速推開了鐵門！大勇被推倒在地上！

一個男人瘋了一樣，衝向其他的學生！

「呀！！！」在天台上的學生都在驚慌大叫。

他想做什麼？他要對學生不利？

其中兩個女學生抱在一起，男人快速衝向她們！

不！

他根本對兩個女學生沒興趣……

男人走過了她們兩人，然後……

更震撼的一幕出現在他們的眼前！

男人像瘋了一樣，走向石壆，然後從22層高的天台……**跳下去！**

幾個中學生傻了眼看著男人自殺的一幕！空氣像靜止了一樣，他們不知道要有什麼反應，直至數秒後……一下墜落的巨響出現！

男人墮地後整個頭顱爆開，腦漿血水散滿一地！

同學們才驚覺現在發生了什麼事！

「呀！！！！」全部人都在大叫。

其中一個更加當場失禁！

鬼……可怕嗎？

可怕，不過比起親眼看到人類自殺的反常行為，也許更可怕，甚至一世都不會忘記。

直至死去前的一秒，也沒法忘記！

更可怕的是……

像這樣的跳樓自殺事件，這一星期內，在太和邨已經發生了四次！

是這條公共屋邨被下了詛咒？

還是巧合？

因為壓力太大？還是其他原因，讓住在這條邨的人先後選擇了結自己的生命？

不，事情不是這麼簡單。

這只是一切故事的……開始。

CHAPTER 01 03 TAI WO

第二天下午，新和樓。

第五次。

大量的居民包圍著新和樓前的空地，警察與醫護人員已經到場處理，跳樓死去的女人已經被白布蓋著，不過血水還是染到白布之上。

「沒事！沒事！大家別要圍在一起！」警察在維持現場秩序。

「媽的！這星期第五單了！真的是自殺嗎？」一個衣冠不整的男人抽著煙說：「還是謀殺？」

「走走走，不關你的事！沒東西看！」警察向前推。

「別要推！」男人生氣地說：「不關我事？我八九年入伙開始已經住在太和邨！住了三十多年！什麼不關我事？」

「走吧，老波。」在他身邊另一個瘦男人說：「死人有什麼好看？我們去飲下午茶！」

「好，我就去飲茶，你們這班沒用的警察就看著條死屍吧！」老波指指死者的位置。

「你……」

警察正想反駁他，他的手足拉著他的手：「仁偉，算了，別節外生枝。」

這個叫仁偉的警員，眼巴巴看著老波跟朋友離開，就在他們轉角離開前，老波還背著他舉起中指。

另一邊，彰月側正好接完兩個女兒幼稚園放學路過。

「爸爸，什麼是跳樓？」妹妹映霜問。

映霜聽到街坊的對話，她不明白跳樓的意思。

「唔……」彰月側蹲在地下拍拍映霜的頭：「就是有人不想再玩遊戲了，決定結束遊戲關機，GAME OVER。」

「我可以給他吃巧克力味糖復活！」映霜拿出了罐裝糖。

「不用了，因為是他自己放棄玩遊戲。」爸爸微笑說：「不需要復活了。」

映霜有點失望。

「別要失望，留著巧克力味吧，總有人需要妳幫助復活的！」月側給她一個讚的手勢：「別忘記，妳是最厲害的藥劑師！」

「知道！」映霜回復精神。

「爸爸，我想去看看。」家姐彰映雪指著人群。

「不行呢。」月側一左一右牽著她們的小手。

「為什麼？」映雪扁嘴：「我想看看放棄遊戲的人是怎樣的！」

「不可以啊！」月側扮作驚慌：「如果不幸看到了，妳們會失去治療的法力！家姐妳是治療師，不可以看啊！如果下次見到『放棄遊戲』的人，不要看！立即離開！」

「知道爸爸！」映雪點點自己的小嘴巴說：「妹妹，我們鬥快跑回家！」

還未說完，映雪已經跑走了！

「家姐等等我！」映霜追著她。

月側看著她們可愛的背影，微笑了。

同時，他再次看著人群，誰也覺得奇怪呢，一星期有五宗跳樓自殺案。不過，奇怪歸奇怪，在壓力這麼大的城市生活，自殺好像已經變得習以為常，圍觀的人根本就不是在關心死者，只是想「食花生」而已。

「妳們兩個，別跑這麼快！」

月側也沒再理會這麼多，追上了兩姊妹。

同一時間，在人群之中，有一個中年女人的表情非常奇怪，她看著那具用白布蓋著的屍體……

愉快地微笑了。

CHAPTER 01 04 TAI WO

麗和樓十一樓。

月側跟兩個女兒已經回來，此時1111室的鄰居正好要出門。

「彰生！」他精神地打招呼：「映雪、映霜放學了嗎？」

「對！」映雪說：「你現在能夠看到我們，不就是放學了嗎？」

映霜也點點頭。

「映雪真的愈來愈聰明了！哈哈！」

穿著西裝的他叫朱自清，二十五歲，是一個濾水器推銷員，十一樓已經有好幾戶成為他的客戶，包括了月側。

當然，他才不是寫《背影》、《荷塘月色》等名著的作家，只是同名而已。

「彰生，我們公司的殺菌濾水器好用嗎？」朱自清不忘推介：「最近我們又推出了新的殺菌日式馬桶，可以噴水的那一款！」

「好的好的，你不是要上班嗎？有時間再跟我介紹吧！」很明顯月側沒什麼興趣。

「沒問題！總之如果你的濾水器有什麼問題，立即找我！免費維修！」

月側沒多說話，只是給他一個讚的手勢，因為他知道繼續對話，朱自清會不停說下去。

跟朱自清道別後，他們回到了1112室，月側打開大門。

「媽媽！我們回來了！」映霜高興地說。

一個坐著輪椅的女人從房間出來，她就是兩個孖女的母親素日央。

她在兩姊妹一歲時遇上交通意外，導致雙腳沒法走路，不過，她沒有因為要長期坐輪椅而變得消極，日央依然堅強地生活下去。

「媽媽，今天繪畫堂，妳看看我畫了什麼？」映霜拿出一幅粉彩畫。

畫紙上是他們一家四口，還有他們家的一隻白貓。他們坐在一棵蘋果樹下，旁邊有一間小屋，天空上是太陽伯伯，映霜用了許多不同顏色，畫面色彩繽紛，還非常溫馨。

「媽媽，我也畫了，妳看看！」映雪也把畫給日央看。

映雪的畫沒有太多顏色，卻畫得比映霜的更細緻，她甚至可以畫出大家的特徵，比如媽媽最喜歡的粉色指甲油，爸爸喜歡穿的有帽衛衣，還有白貓的……

「小白身上的……」日映指著白貓：「這是什麼？」

「因為小白是男生，所以有『袋袋』！嘻！」映雪說。

月側與日央對望了一眼笑了。

兩姊妹的性格有明顯的分別，家姐映雪的確是比較聰明與細心，而映霜就比較天真可愛，性格完全不同。

「妳們快去洗手吧，之後可以吃甜點。」日央說。

「好啊！」

兩姊妹高興地走進洗手間。

「明明同一天出生，也一起生活、一起長大，她們兩個的性格真的很不同。」月側雙手疊在日央的肩膊上。

「這樣不是很好嗎？」日央笑說：「性格完全不同，長大後就不會爭男朋友了。」

「男朋友嗎？」月側奸笑：「先要過我這個外父一關！」

「知道了，你是前世情人吧？不過你真多情呢。」日央抬起頭看著他：「前世有兩個情人。」

「哈哈！不過，今世我有三個！兩個女，還有妳！」月側吻在她的臉上：「她們剛出世時，我已經在她們耳邊說了。」

「說了什麼？」

「對不起，世界上最愛妳們的男人，已經娶了妳媽媽。」月側說。

日央沒有說話，只是會心微笑。

他們這一家不算富裕，也曾發生很多的不幸，不過，四口子卻非常溫馨。

此時，月側看著日央手上映霜那一幅一家四口的畫，在小屋的後方，還畫了一個小孩。

「這是……誰？」月側指著畫問。

日央也看著圖畫。

那個「小孩」全身也是黑色，不像是一個正常的小孩，而且他的頭……

非常非常的長。

CHAPTER 01 05 太和邨 TAI WO

太和邨內的康樂中學操場。

現在是放學後課外活動時間，箭術學會的學員正在練習。

「你們有沒有聽說，隔籬班的朱大勇幾個同學，昨晚在亨和樓天台講鬼故，然後突然有人跳樓自殺！」女同學說。

「怪不得他們今天沒有上學！」另一個女同學說。

「噓。」

一個長髮束著馬尾的女生發出了安靜的聲音，因為她正在拉弓瞄準前方的箭靶。

弓箭射出，正中紅心！

「愛玲其實妳不用練習吧，今年箭術大賽又是妳贏的了。」女同學說。

「妳們再不練習就包尾了。」她說。

「我們參加課外活動都只是為了學校的學分而已。」女同學說：「才沒有妳這麼有理想。」

愛玲輕輕微笑，她當然明白其他同學的想法，不過，她的目標是要加入香港的射箭隊，所以現在還要更多的練習。

她再沒有理會那兩個女生，再次拉弓。

「張……張愛玲！」此時一個男同學走了過來：「李德明老師叫你去保健室。」

「保健室？」張愛玲不明白原因：「好吧，給我拿著。」

她把弓交到那個男同學手上時，不小心碰到他的手，男同學就像是得到寶物一樣。

張愛玲只是冷笑了一下，然後離開操場。

十七歲的她，雖然叫張愛玲，但她不是寫出《傾城之戀》、《半生緣》名著的那位作家。她的中文成績非常差，反而是一個運動細胞非常好的女生，同時，也是學校裡很多男生的傾慕對象。

張愛玲很快已經來到了保健室。

「愛玲妳來得正好！」李德明緊張地說：「蔡紫雲……」

他指向了保健室的房間，房門被反鎖，門前有一位學校社工正在拍門。

「蔡紫雲同學！妳讓我進來吧！我們不會傷害妳的！」男社工回頭看著張愛玲：「妳是張愛玲嗎？她說只想見妳。」

張愛玲第一次見這位男社工，不知怎的有一點奇怪的感覺。

她看著保健室，大概知道發生了什麼事，蔡紫雲是她的學妹，她非常崇拜擁有運動天分的張愛玲，不過她卻患有精神病。

半年前，蔡紫雲也出現過精神問題，最後也是由張愛玲解決。

「我明白了。」張愛玲說：「真麻煩呢。」

「麻煩妳了。」社工禮貌地說。

她走到門前敲門：「紫雲，是我，開門讓我進來。」

不到數秒，房門打開。

「你們別進來。」張愛玲回頭說。

李德明與社工點頭。

她的語氣根本不像對老師說話應有的態度，不過，因為張愛玲是學校的傑出學生，老師都非常喜歡她。

在房間內，她聽到飲泣的聲音。

「妳又怎樣了？」張愛玲好不客氣地說：「這次又被誰劈腿了？」

「愛玲……愛玲……我……」蔡紫雲低下了頭：「我想死……」

「妳已經不知說過幾多次想死了。」張愛玲走到她前方蹲下來：「妳這次怎麼會躲在保健室？」

此時，張愛玲才發覺地上有血跡，是從蔡紫雲的手上流下。

「我受傷了……受傷……」蔡紫雲重複說著：「我很想死……真的很想死！」

「發生了什麼事？」張愛玲開始有點緊張。

「我的眼睛很痛、我的頭很痛……痛得我想死……」

張愛玲一直聽著她說話，同時，她沿著地上血水的方向看過去……

她發現了……

一、**個**、**人**、**類**、**的**、**眼**、**球**！

蔡紫雲抬起頭，她的左眼球已經挖了出來，不斷流出血水，非常恐怖！

更恐怖的是，她的另一隻眼睛，瞳孔放大到看不到眼白！

張愛玲被嚇到退後了兩步！

蔡紫雲突然大叫：「我很想死！我很想死！我很想死！我很想死！我很想死！我很想死！我很想死！我很想死！我很想死！」

她不像只有精神病，她就像……

變了另一個人！

CHAPTER 01 06 TAI WO

凌晨時份，太和邨廿四小時便利店。

男店員一邊用耳機聽著音樂，一邊整理身後的香煙貨架。

他聽的不是什麼流行曲，而是《舒特拉的名單》(Schindler's List)的主題曲，一首悲哀的純音樂。

他的名字叫烏山明，當然不是那個畫《龍珠》的日本漫畫家。這個叫烏山明的男生，只不過是一個沒什麼大志的二十一歲便利店職員。

「如果世界沒有戰爭，六百萬猶太人沒有被屠殺，現在的世界又會變成怎樣呢？」男店員在自言自語。

此時，便利店大門響起了聲音，有客人走進了便利店。

這個時候是最少顧客的時段，到來的不是買香煙，就是避孕套，當然，有時還有醉漢來搗亂。

「歡迎光臨。」沒神沒氣的男店員說著。

進來的是一個穿著西裝的男人，西裝男讓他覺得很奇怪，已經凌晨三時，為什麼還穿著西裝？

他沒有理會那個男人，只是在櫃台發著WhatsApp。

「山明，聽說你母校有個女同學插盲了自己！很恐怖！」他的WhatsApp群組有人在說。

「為什麼她要這樣做？」烏山明輸入。

「可能是跟精神病有關，你知道現在的學生讀書壓力有多大吧。」

「壓力大到要傷害自己嗎？」烏山明在喃喃自語。

正當他想繼續聊天之時，突然聽到食物凍櫃發出奇怪的聲音，不過他被貨架擋著視線沒法看到發生什麼事。

「搞什麼鬼？」他心中想。

烏山明慢慢走向了食物凍櫃的位置，那個穿著西裝的男人正蹲在地上，吃著凍櫃內未熟的食物！

「先生……你……你在做什麼？」烏山明看著那個狼吞虎嚥的男人。

「我……我……很肚餓！很肚餓！」西裝男繼續吃著冷冰冰的雞髀。

「但你未畀錢，而且……要放入微波爐！」

烏山明走近了西裝男。

「我……我……」男人流下眼淚：「我很想死！很想死！」

不只是眼淚，他發現西裝男人的褲管流下血水，血跡從便利店門口一直流到店內！

「你沒事吧？我……我幫你叫救護車！」烏山明拿起了手機。

西裝男用力捉住了他的手臂，他的便利店制服也染上血跡！

男人的瞳孔開始放大，直至看不到他的眼白！就像學校那個女同學一樣！

「你想做什麼？！放開我！放開我！」

烏山明用力拉開自己的手，西裝男緊捉不放！

「媽的！」烏山明一腳把男人踢開，立即走出了便利店。

「黐線！黐線！發生了什麼事？」

他看著便利店內，西裝男沒有跟著走出來，烏山明立即在手機WhatsApp中輸入：「剛才有個男人……」

他還未輸入完，一下爆破的巨響從便利店傳出！

西裝男撞向了便利店的玻璃！整塊玻璃爆裂，同時巨大的玻璃塊插入了男人的胸前！

鮮血瘋狂地從他的胸口流出，烏山明看到整個人也呆了！

血水快要流到他的腳邊，他才驚醒！

「報警……要報警！」

CHAPTER 01 07 太和邨 TAI WO

早上，便利店已經被封鎖。

「聽說是醉酒漢鬧事，最後意外撞破玻璃死去。」路過的街坊說。

「死酒鬼，媽的，死也死遠一點吧，我想買早餐也買不了！」一個男人說。

「你積一下口德吧！」他的妻子說。

「日本地震死很多人，妳不也是只擔心能不能去日本旅行嗎？積口德……」

「別看了別看了，我們快走吧！」

當交通意外有人受傷，人們都只關心上班會不會遲到；某國家天災死人，人們都只擔心沒法到當地旅行。

只要悲劇不是發生在自己身上就漠不關心，人類的社會都是這樣。

「這星期真的多事發生。」在場的警員說。

「就當是加班吧，有加班費。」早幾天那個劉仁偉警員也在。

此時，一個中年婦人走過，她跟劉仁偉對望了一眼，再看看便利店，然後快步離開。

這個女人叫周美芬，三十四歲的婦人。她正巧路過，目的地是太和鄰里社區中心。她臉上的瘀青還未散去，是她丈夫所為，今天她要去鄰里社區中心見社工。

而鄰里社區中心的社工，就是彰月側的太太，素日央。

社區中心的房間內，一群被丈夫虐打的婦人圍在一起，就像外國那些戒酒小組一樣，日央在介紹。

「最近邨內發生了很多不幸的事件，雖然妳們身上的也是，不過希望妳們可以堅強面對。」日央溫柔地說：「如果妳們有什麼想發表，別要怕，這裡可以暢所欲言。」

每次房間內都播放著柔和的音樂，氣氛很好。

日央已經做了社工三年，坐在輪椅上的她是一位很細心的社工，她的堅強影響著每一位到來尋求幫助的婦女。

時間過得很快，一小時的聚會過去，婦女們都懷著微笑。

「大家還有什麼問題？」日央問。

周美芬緩緩地舉起了手。

「美芬，請說。」

「我想知道……」周美芬沒有任何的表情：「有什麼方法可以殺了我老公而不犯法？」

她話一出，全場人也呆了一呆。

「這樣吧。」日央看看手錶：「現在時間也差不多，大家可以先離開，美芬妳留下來，我跟妳再聊聊。」

其他女士也離開了，日央叫周美芬把坐著輪椅的她推到中心外的小公園。

「辛苦妳了，我最近好像變重了。」日央說。

「不，不辛苦。」

她們在小公園的石櫈坐下來。

日央跟周美芬都住在麗和樓的十一樓，他們一早已經認識，所以日央特別的擔心她。

「我知道妳受了很多苦，不過，殺了他又有什麼幫助？妳也要坐監。」日央說。

「不，我真的想殺了他。」周美芬目光呆滯：「他是……怪物……是怪物！」

日央把手疊在她手背上。

「妳的CASE社福署已經接手，妳不用怕，妳可以單方面申請離婚。」

她搖搖頭：「如果他不死，我不會安寧！」

「為什麼？」

「昨晚，我發現了他……」周美芬樣子非常緊張。

「發現了什麼？」

「他……在洗手間……」周美芬瞪大眼睛說：「生吃老鼠！」

「什麼？！」

日央眉起了眉頭，也許事態比她想像中……更加嚴重。

太和邨

CHAPTER 01 08 TAI WO

麗和樓十一樓。

今天是假期，幼稚園放假，一對孖生姊妹都很喜歡在走廊大堂玩耍。

太和邨Y字型大廈的大堂設計是三層樓為一組，一級級由上到下、由小到大，在十一樓的欄杆向下望，可以清楚看到下層十樓大堂。

彰月側小時候也經常在走廊玩耍，不過他跟兩姊妹不同，他會玩捉人仔、橡筋槍等遊戲，而兩姊妹就在玩……煮飯仔。

她們有一張小小的桌子，加上兩張矮櫈，還有一些塑膠的食材與食具，她們的遊戲就這麼的簡單與單純。

或者，女生長大後，不會再有的單純。

此時一個女生走出門口，正好看到映雪與映霜，是張愛玲。她是張婆婆的孫女，跟婆婆一起住在1124室。

「妳們又在煮飯吃嗎？」愛玲微笑說。

「姐姐！」兩姊妹高興地說。

「我煮好了雞蛋，妳要不要吃？」映霜把一個膠碟遞給她。

「霜霜真乖，不用了，嘻。」愛玲拍拍她的頭：「姐姐有要事要出門。」

「姐姐妳要去哪裡？」映雪問。

「我要去……」愛玲想了一想：「去練習場，練習射箭！」

其實她要回去學校協助調查，因為昨天學校發生的事，不過，她不想告訴單純的她們。

「嘩！姐姐是打怪物的弓箭手！」映霜拍拍手說。

「沒錯！」愛玲做出了一個拉弓的動作：「我會用我的箭對付怪物！」

「好呀！姐姐好叻！」映霜高興地說。

聰明的映雪知道愛玲姐姐不是去練習射箭，因為她發現她沒有帶備射箭的用具，不過，她也沒有再追問。

「升降機到了，下次再見吧！」

「再見姐姐！」

升降機門關上，愛玲想起了兩姊妹：「她們真的很可愛呢，嘻。」

本來因為在蔡紫雲身上發生的事，愛玲心情一點都不好，不過，當她見到映雪、映霜，心情也變得開朗了。

她們兩姊妹的確有這一份「魔力」。

「治療」的魔力。

愛玲離開後，她們繼續玩著煮飯仔，映霜突然想到了。

「啊？小黑還未吃啊！」

「誰是小黑？」映雪問。

「我的朋友啊！」映霜連忙拿著塑膠食具走向走廊。

「妹妹真的奇怪呢。」映雪對著空氣說：「算了，我自己玩！」

每個小孩子，兒時都會有幻想的朋友，這位朋友會活在他們的腦海之內。

不過映霜的「幻想朋友」，比任何孩子的更意想不到。

映霜走到了走廊露天的位置，看著電錶房的藍色鐵門。

就是那天彰月側聽到裡面傳來了拍打聲音的藍色鐵門。

「小黑，我拿東西給你吃啊。」映霜敲敲藍色鐵門。

其實又怎會有人應門呢？那個小黑只不過是映霜幻想出來的朋友。

突然！

「啪啪！」

鐵門傳來了聲音，就像在回應著映霜一樣！

「我開門了！」

映霜緩緩地用她的小手拉開沒有上鎖的藍色鐵門，電錶房門內……

「啊？小黑，你的頭怎麼又好像長了？」她說。

還記得映霜畫過的那一幅畫嗎？全身也是黑色的小孩，還有長長的頭顱……

在電錶房內，正正藏著這一個男孩！

他全身也是黑色，皮膚就像被燒焦一樣！而且畸形的頭顱也比正常孩子長兩倍！

正常人看到都會覺得他是「怪物」，只有映霜不覺得噁心，反而當他是朋友。

全身黑色的他，只有眉心有一個交叉疤痕，還有眼睛是白色的，他用一個可憐的眼神看著映霜。

「吃吧，很好吃的！」映霜把碟子遞給他。

黑色男孩的目光，沒有留在碟子的假食物上，而是看著……映霜的頭部。

他想……一口咬下去？

CHAPTER 01 09 TAI WO

就在此時。

「映雪！映霜！吃飯了！」

聲音從1112室傳來，是月側叫著她們。

映霜連忙做了一個安靜的手勢：「我們下次見了！你慢慢吃吧！」

然後她輕輕關上了鐵門。

「爸爸！」映霜快步跑向月側，抱著他的小腿：「今天吃什麼？」

「媽媽做了蘋果班戟！很好吃！」月側說。

「快回來吧！」日央在家中看著門前的他們：「玩完要洗手，知道嗎？」

「知道！」映雪也從走廊回來了。

月側在門前抱起了兩個女兒：「洗完手就吃班戟了！」

「好啊！」兩姊妹一起高興地說。

「爸爸幫助收拾走廊的桌子與玩具！」映雪鬼靈精怪。

「怎麼每次都是我？」月側皺眉：「玩就妳們玩，收拾就我收拾……」

「因為全家只有你一個男人。」日央走了過來笑說：「快去吧。」

「知道……三位女皇與公主。」月側失望地說。

「我們快去洗手！吃了爸爸的份！」映雪奸笑。

「好啊！跟媽媽一起吃！」妹妹也在奸笑。

月側在走廊回頭說：「我聽到的！妳們別要吃了我的班戟！」

一家四口都在笑了。

雖然月側只是一個印刷工人，日央也要坐輪椅而行動不便，不過，他們卻是一個非常幸福的家庭。

只要「滿足」，生活並不一定需要「富足」。

廣告說，養大一個孩子需要六百萬，他們一家根本就不可能有六百萬，更何況，他們有一對孖生姊妹，如果依照廣告的說法，他們需要一千二百萬才可以讓兩姊妹長大。

雖然月側與日央沒法給兩姊妹富裕的生活，不過，他們一家卻比別的有錢家庭更快樂。更幸福。

本來，他們的生活一切都過得很順利，卻在一星期後……改變了。

他們的幸福家庭，再沒法維持下去……

就像那個在電錶房的小孩一樣……

再沒法擁有……幸福的生活。

……

：

．

瑞士日內瓦。

世界生化研究總部。

這數天，組織內的工作人員二十四小時不停工作，自新冠肺炎肆虐全球以後，他們從來沒試過這樣的忙碌，不，正確來說是……

「**恐懼**」。

黑死病、西班牙流感、鼠疫、天花、霍亂、愛滋病、新冠肺炎等等，沒有一種傳染病可比得上這次的病毒。

他們不知道病毒是從何而來，他們只知道，如果不控制病毒蔓延，人類的文明可能很快就會因為這樣而……毀於一旦。

總幹事的辦公室內，他看著藍藍的天空。

「我們真的要這樣做嗎？」副總幹事問。

他堅定地點頭：「犧牲一部分人，總好過全世界的人類文明滅亡。」

「那我們現在去通知當地軍方。」另一個穿上軍服的長官向他們敬禮。

他們的選擇是錯誤？還是正確？

就如在巴士上，有一個沒戴口罩的人瘋狂咳嗽，誰也不想坐在他的身邊。如果可以選擇，全車人有投票的權利，也許……

99%的人都會選擇趕他下車。

誰也不願意被感染、誰也不會跟患病的人走在一起、誰也是為著自己的利益而出發。

這就是「人性」，人類的基本屬性。

經過幾天不眠不休的研究與秘密討論以後，他們決定了……

「鎖邨」。

……

‥

．

一星期後，太和邨。

CHAPTER 02 鎖　邨

BLOCKADE

CHAPTER 02 鎖邨 01 BLOCKADE

麗和樓1112室。

「Uh huh, this my shit~ All the girls stomp your feet like this~」

手機響起了Gwen Stefani的《Hollaback Girl》，這是我最討厭的一首歌，因為我用來做鬧鐘鈴聲已經二十年。

每當聽到這首歌，就代表我又要起床了。

「呵欠~」我打了一個呵欠：「如果不用送兩姊妹上學，我就可以睡多一會了。」

我微笑著，好像還在發夢一樣。

「側，快起來吧。」日映比我更早起：「我去叫醒映雪、映霜。」

「好的。」我吻在她的額角：「啊？今天妳這麼早起？」

「社區中心未來有聖誕節活動，我要回去幫手佈置。」日央精神地說：「而且最近有位太太的家庭出現了嚴重問題，我要準備一下資料。」

「是誰？」

「親愛的，你知道我不能透露。」日央說。

「好吧，我明白的。」我坐了起來牽著她的手：「我知道快要聖誕節，不過，他們明知妳行動不便還要妳去幫手……」

「沒關係呢，有時我比正常人更有能力，嘻。」日央跟我單單眼。

「的確是！我有一個超強的老婆！」我摸摸她的頭。

我的樂觀，甚至是對著兩個女兒的樂觀，大部分都是因為日央，就算當年發生了意外，她也選擇樂觀面對。

我沒忘記當天在醫院，她知道雙腳再不能走路時，第一句說的話。

「嘻，很好啊，我以後兩腳就不會再累了！」

我當然明白她的意思，當時兩個女兒已經出生，很多事情要顧慮，她只是不想我再為她而擔心。

「為什麼眼定定看著我？」日央問。

「我的老婆真的很美。」我笑說：「比我們當初認識時更美。」

「口甜舌滑。」

我撥動她的秀髮，由認識開始，她的長髮都有洗頭水的香味，睡在她身邊是我最幸福的事。

我只想一直幸福下去。

「對，今年聖誕節有想過去哪裡慶祝？」我問。

「你忘了嗎？」

「忘了什麼？」

「上年你答應兩姊妹吃聖誕節火雞大餐，你還說叫鄰居一起來吃。」日央說。

「有嗎？」我笑了一下：「都過了一年，她們應該忘記了。」

「才不會，小朋友才是最好記性的！」日央笑說：「況且是爸爸的承諾。」

「明白了明白了，就吃聖誕節火雞大餐吧！」我給她一個讚。

小時候，因為我家很窮，從來也沒吃過聖誕節火雞。我經常看到廣告中的小孩，他們都會一家人吃聖誕火雞大餐，我一直也很羨慕。

好吧，今年我要讓兩個女兒不需要羨慕別人，就吃火雞大餐吧！

把最好的都留給下一代，也許就是人類少數遺留下來的「善良」人性吧。

自問我是一個自私的人，但為了我的家人，我……死也不怕。

「快去梳洗。」

「知道老婆大人！」

我看著窗外藍藍的天空，心情倍感愉快，新的一天又開始了！

CHAPTER 02 鎖邨

02 BLOCKADE

日央出門後，兩姊妹已經起床，吃著日央為她們準備的早餐。

「媽媽呢？」映雪吃著太陽蛋。

「媽媽今天早上要回去上班，今晚才回來。」我吃著香腸。

「我不喜歡爸爸幫我穿校服啊！」映霜說。

「為什麼？」

「因為爸爸是男孩子！我們跟媽媽是女孩子！」映霜喝著鮮榨橙汁。

「哈哈！妳有道理！」我高興地說：「今天上學要乖，知道嗎？妳們乖的話，今晚我就玩《薩爾達大冒險》！」

「好呀！爸爸要救薩爾達公主！」映霜高興地說。

「爸爸我們會乖的！」映雪矇矇眼微笑：「我會好好照顧妹妹！」

「乖女。」我拍拍她的頭。

明明只差不到一分鐘出生，映雪比映霜更成熟，而且會照顧妹妹，她的確是一個好家姐。

我看看手錶：「還有差不多一小時，我們看一集《蠟筆小新》才上幼稚園吧！」

「好啊！」她們非常高興：「何B仔！何B仔！」

真的想不到，我小時候看《蠟筆小新》，到我的孩子也是看《蠟筆小新》長大，真的希望「小新可否不要老」呢。

我按下Netflix的兒童劇集，卻沒有任何的反應。

「爸爸怎樣了？我要看《蠟筆小新》啊！」映霜不太高興。

「為什麼會這樣？」

我再次嘗試轉台，電視機沒有任何的畫面。

「是電視問題？還是網絡問題？」我看到路由器不停地閃著燈。

然後我再看看手機沒有了網絡，沒法上網，也沒法打出電話。

「搞什麼鬼？每個月我都有準時繳費，現在竟然沒有網絡？」我吐槽。

「沒辦法了，可能是今早的網絡問題，沒法看小新了。」我跟映霜說。

她樣子變得非常的失望。

「妹妹，不如我們玩《冰雪奇緣》遊戲！」映雪說：「妳扮Elsa，我扮Anna！」

「好啊！我要做Elsa公主！」映霜再次微笑。

還好映雪幫我解圍了，嘿。

豈有此理，什麼網絡公司？不只是沒法上網，電話也用不了，回復正常後一定要打去客服投訴。

「嘿，算了，現在就當是親子活動吧。」我走向她們：「我又要玩，我要扮雪寶！」

「好啊！雪寶爸爸！」

沒有網絡不緊要，我有兩個寶貝女就好了。

……

…

．

一小時後，我送她們上學，學校不遠，就在寶雅苑的寶雅幼兒學校。幼稚園不算是最好的，不過，我跟日央不太在乎是不是「名校」，她們這個年紀，不需要太擔心學業，更重要的，我們要讓她們有一個愉快的童年。

「愛玲姐姐！」映霜跟在大堂等升降機的愛玲打招呼。

「映雪映霜早晨，彰生早晨。」她禮貌地微笑。

「妳好。」我也微笑。

她應該也是上學，她就讀的學校就是我的母校康樂中學。

我們一起走進了升降機，映雪按下了G字樓層。

「愛玲我想問妳是不是也收不到網絡？」我問。

「對啊！一早起來就沒有了，沒法上網，連打電話也不行！」

「原來不只是我們的單位。」

此時，五樓有人走進了升降機，是一個穿著迷彩服的五六十歲大叔。

「早晨！」映霜跟他打招呼。

大叔沒有理會她，映霜有點失望。

然後我彎腰在她的耳邊說：「別介意，他聽不到東西，是一個聾的NPC。」

映霜微笑點點頭，她明白我的意思，映雪也聽到我的說話，她可愛地指指自己的耳朵微笑。

現實的世界是很冷酷的，不是你跟別人打招呼別人就會對你微笑，尤其是在香港這個現實社會。我不想她們這麼快接觸到冷酷的世界，所以習慣用玩遊戲的方法去解釋一切發生的事。

我不知道這樣正不正確，不過，我跟日央都有共同的想法，暫時不讓她們面對這個冷酷的世界。

一切就當是遊戲吧。

來到地下層，升降機門打開，在地下大堂聚集了很多的麗和樓居民。

「發生什麼事？」

CHAPTER 02 03 BLOCKADE

麗和樓地下大堂。

「媽的！為什麼不能出去？」

「我還要上班！遲到是不是你賠勤工獎給我？」

「我要去買餸！你們有什麼原因不讓我們出去！」

「外面的網是什麼東西？為什麼會出現包圍我們？」

群情洶湧，大家都被擋在地下大堂，不能外出，我走到保安枱的位置。

「權叔，發生了什麼事？」我問保安權叔。

「我也不知道，半小時前那些人就不讓我們出去！」權叔說：「我用對講機問過其他的座數，他們都跟我們情況一樣！」

「為什麼要這樣？」我不解。

我看著大門外的人，除了警員之外，還有疫情時經常見到的白袍人，他們都戴著口罩和

護目鏡。

一種不好的回憶出現在我腦海之中。

「爸爸發生什麼事？」映雪問。

「沒什麼，大家也忘了帶通行證！」我笑說：「所以沒法出門！」

「這張可以嗎？」映霜拿出了一張《冰雪奇緣》的卡通卡片。

「不行不行，妳這張只可以一個人通過。」我看著愛玲：「麻煩妳幫我看著她們，我想上前看看。」

「沒問題。」她點了點頭。

「唔該借借！唔該！」

然後，我從人群中走到最前。

一個看似軍官的男人站在麗和樓的門前，他身邊還有十數個軍人。

是解放軍嗎？為什麼要出動到軍隊？

「請問我們何時才可以出去？」我問。

要問當然是最高級的人，就是那個軍官。

「未確定，你們先回家等待消息。」他目無表情地說。

「沒有網絡也是因為現在的情況？」我問。

他沒有回答我。

「究竟發生了什麼事？不能告訴我們嗎？」

他依然沒回答。

「那早上出外的人呢？他們可以回來嗎？」我繼續問。

日央在一小時前已經出門，我擔心她。

「我們會另有安排，快回家去！」軍官不耐煩地說。

「是什麼安排……」

我還未問完，我身邊有人不知什麼原因開始跟軍人大打出手！

場面一片混亂！

「媽的！」我看著愛玲的方向大叫：「先回去！回去十一樓！」

她跟我點頭，然後一手抱起映雪，另一手拖著映霜，剛才的升降機還沒有上去，我看著他們安全走進了升降機。

「沒事的！」我舉起了大拇指微笑說：「沒事的！」

升降機關門前，我看到映雪也跟我點頭。

「媽的！別要推！別推！」我大叫。

那些軍人開始用棍攻擊我們！居民也在還擊！場面混亂不堪！

我完全不知道發生了什麼事！明明只是一個很普通的星期一，送她們回學校後我就上班，突然有一群軍人在我們大廈大堂不讓我們離開，還出現了衝突！

我是不是在看電影？！

「砰！」

突然，一下槍聲出現，全場人也靜了下來！

那個軍官向天開了一槍！

為什麼要用到槍？有這樣嚴重嗎？

究竟發生了什麼事？！

「請你們回家等待消息！現在我們進行……**宵禁！**」軍官冷冷地說：「如果你們再在這裡搗亂……」

「格、殺、勿、論！」

什麼？！格……格殺勿論？！！！

CHAPTER 02 04 BLOCKADE

我先回到十一樓，一直發訊息給日央，卻沒法送出。

升降機門打開，映雪和映霜在等待著我。

「爸爸！」她們一起走過來抱著我的大腿。

「彰生，發生了什麼事？」愛玲帶點緊張地問。

「我也不知道。」我搖頭：「現在我們只能回家等待，希望很快就沒事。」

「彰生！愛玲！早晨！」此時住在1111室的朱自清走了過來：「我的手機打不通，我要通知公司今天晏一點回去！可以借你的手機給我用一用？」

「看來你不知道發生了什麼事。」愛玲說：「大堂被封鎖了，今天不能出去。」

「怎會的？」自清聽得一頭霧水：「又是什麼檢疫嗎？疫情不是已經過去？」

「我一會再跟你說。」我說。

「爸爸，我們現在怎樣了？」映霜問。

「我有一個好消息！」我笑說：「今天是特別日，妳們不用上學，而且還可以在家裡看《蠟筆小新》！」

「真的嗎？太好了！」映霜非常高興。

「爸爸。」映雪叫了我一聲，然後我彎下腰聽她輕聲在我耳邊說：「別擔心，我會照顧妹妹。」

我對著她微笑。

映雪知道我在說謊，根本沒有什麼特別日，她知道我只是不想她們擔心。

「嘿，映雪真乖！」我想了一想：「妳也不用擔心，我們只是在玩著一個……密室逃脫的遊戲！」

「密室逃脫？」

「我、自清哥哥、愛玲姐姐，我們會合作逃離麗和樓，哈哈！」我跟他們單單眼：「你們說是不是？」

「啊……」自清思考了半秒：「對！我們就一起玩密室逃脫遊戲吧！」

「我們一定會贏！」愛玲舉起了手：「加油！」

她明白我在騙著兩個小朋友。

「好像很好玩！」映霜也舉起了手。

「一起加油！」映雪鼓勵著大家。

「你們兩個先回家，愛玲妳跟張婆婆交代一下現在的情況。」我看著他們：「自清也是，然後你們再來我家，我覺得『這次事件』很有問題，我想跟你們討論一下。」

「沒問題！」愛玲說。

「但我還要上班啊！」自清笑說：「我先下樓看看，可能他們會讓我離開，哈。」

「沒用的！」

我搭著他的膊頭，然後在他耳邊說：「剛才他們直接開槍了！」

「什麼？你不是說笑吧？開……開槍？」自清不敢相信。

「我才不會騙你！」我認真地說：「總之，你一會來我家，我們再討論一下！」

自清還在半信半疑。

「好吧，我再試試聯絡公司，請假一天。」自清說：「映雪、映霜，我們轉頭見吧，自清哥哥拿些朱古力給妳們吃！」

「好啊！我最愛吃朱古力！」映霜笑說。

「謝謝自清哥哥！」映雪禮貌地說。

「很好！那我們先回家了。」我說。

「大家……看看……」

當我們準備離開之際，愛玲指著十一樓大堂外的風景。

大堂能夠看到外面，是林村河的景色。

「什……什麼東西？」自清看到整個人也呆了：「這是……什麼……」

不只是他，我也瞪大眼睛，不敢相信眼前的景象！

藍藍的天空下，除了白雲還有……

CHAPTER 02 05 BLOCKADE

在新冠疫情期間，只用了很短的時間興建了大量的應急醫院與方艙隔離設施；現在，比當日更快，只用了半個晚上，隔離的設施已經接近完成。

林村河的步行單車徑，燒焊槍的聲音此起彼落，大批工人正在完成最後階段的裝嵌。

「其實要做到這個地步嗎？」其中一個工人問。

「天曉得，有三倍工資我理得他們要我做什麼。」另一個工人說。

「問題是住在太和邨的居民怎辦？」他抬頭看著。

「只能說……」他也一起看著上方：「自求多福。」

在他們的上方有什麼？

「**鳥籠**」。

不過，不是困著鳥的鳥籠，而是困著人的鳥籠。

在他們的上方，就是一幅趕工完成的「牆」。

高聳入雲「牆」。

不只是一幅普通的牆，而是任何人也不能逃出來的……

「**電網牆**」。

數千名來自世界各地的工人，連夜趕工，計劃迅速地進行。

由南面林村河至到西面的大埔太和路，已經被看不見盡頭的電網包圍。

真真正正完成了……「**鎖邨**」。

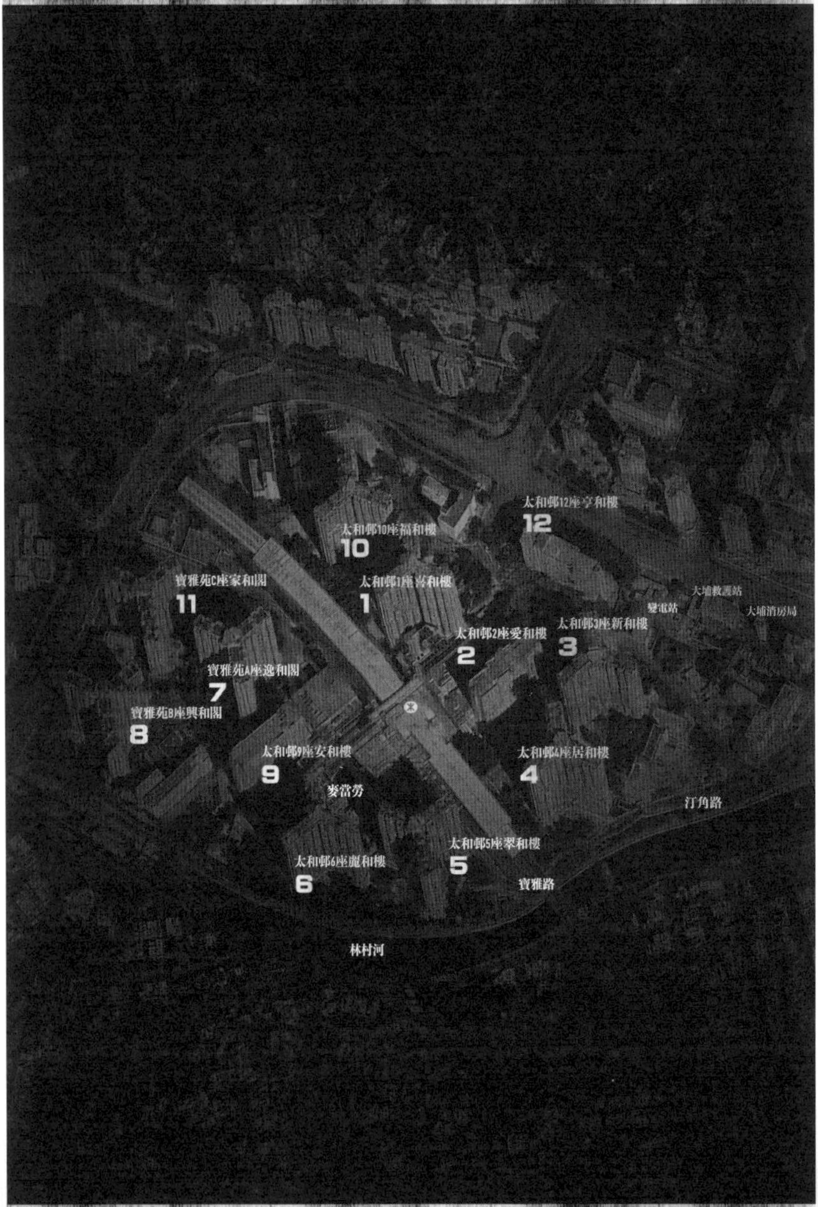
太和邨12座亨和樓
12
太和邨10座福和樓
10
寶雅苑C座家和閣
11
太和邨1座喜和樓
1
大埔救護站
變電站
大埔消防局
太和邨2座愛和樓
2
太和邨3座新和樓
3
寶雅苑A座逸和閣
7
寶雅苑B座興和閣
8
太和邨9座安和樓
9
麥當勞
太和邨4座居和樓
4
汀角路
太和邨5座翠和樓
5
太和邨6座龐和樓
6
寶雅路
林村河

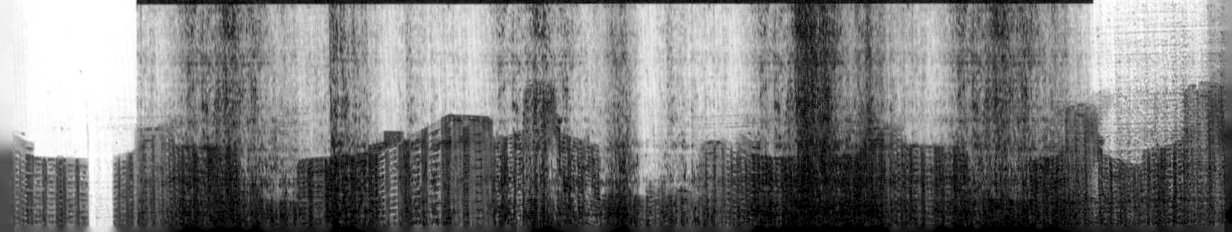

⋯⋯

⋯

．

麗和樓1112室。

雖然不能看《蠟筆小新》，兩個小朋友正在快樂地玩著煮飯仔，她們根本不知道現在發生了什麼事。

「還是打不通！」自清帶點生氣：「黐線！那些巨型的鐵絲網何時出現的？為什麼要包圍著整個太和邨？」

我看著窗外面的環境，街上完全沒有人，只看到高得可怕的鐵絲網。

很明顯，我們不只是被困在麗和樓，而是整條太和邨也被封鎖了。

疫情期間，我們也試過被封鎖做檢疫，但像這次誇張，真的從來沒發生過。

我在擔心日央，現在沒法聯絡上她，不知道她是怎樣的情況，她一定也非常擔心我們。

「可能是什麼⋯⋯」愛玲突然說：「可怕的病毒。」

「病毒？」

「在康樂中學，我有一個同學自殺了，當時她把自己的眼珠挖了出來。」愛玲表情痛苦：「當時有幾個白袍人來了學校，我偷聽到他們說什麼病毒引起她的自殘行為。」

我跟自清對望了一眼。

「還有，我聽到他們說，最近出現很多自殺案，也跟病毒有關。」愛玲說。

「妳有聽到是因為什麼情況而染上病毒？」我問。

她搖搖頭：「他們沒有說，不過可以肯定，這次事件是跟那些事有關。」

「哈哈！不會吧，這樣也太誇張了，可能很快就解封也不定。」自清的說話就像在替自己壯膽。

「問題是現在不只是封鎖整條太和邨，而是連通訊也封鎖，根本就不知道是什麼情況。」我說。

「那些龐大的鐵絲網也未免太誇張了吧？外面的人真的認為需要這樣封鎖整條邨嗎？他們不反對？」自清問。

「不，如果是很嚴重的傳染病，也許大部分人也同意封鎖病毒的源頭，不讓病毒像新冠肺炎一樣傳播到整個世界。」我說。

這是「人性」，我非常明白。

「現在還要用上了軍隊……」愛玲說：「婆婆跟我說，解放軍也出動了，應該是非常嚴重的情況。」

「希望沒這麼嚴重吧，哈哈……」其實自清非常擔心。

我看著高高的鐵絲網，無論怎樣，我們現在只有……等待。

日央，希望妳那邊一切安好。

CHAPTER 02 06 BLOCKADE

晚上八時。

軍官所說的「宵禁」已經實施了十二小時，映雪與映霜玩了整天，累到睡著了。

她們不斷問我媽媽何時回來，我只好找藉口說媽媽在《龍珠》的「精神時光屋」中練習等級，要遲一點才會回來。

愛玲已經回家陪伴張婆婆，而自清一個人住，他也沒地方去，留在我們單位等待，因為沒辦法跟外界聯絡，他也當了跑腿，每幾個小時就下去大堂了解最新情況。

「我回來了。」自清在門外說。

我沒有關大門，因為我怕門鐘聲會吵醒睡得正甜的兩姊妹。

回憶小時候，我們家都不會關上大門，跟鄰居的關係也非常好，現在時代改變了，大家都重門深鎖。

是治安問題？還是人類愈來愈疏離呢？

「怎樣了？可以外出嗎？」我打開了鐵閘。

「還不能。」自清搖頭：「那些守著的軍人都十問九不應，只叫我們等待最新消息。」

早前我們已經問過他們有關鐵絲網的事，他們只說是普通標準安全設施，在鐵絲網上有高壓電，還叮囑我們不要靠近。

普通標準安全設施？用上了高壓電也叫普通嗎？也叫標準嗎？

我最擔心是日央，希望她留在一個安全的地方。

自清坐到沙發上，我把一罐冰冷的啤酒掉給他。

「太好喝了！」自清打開了啤酒喝了一口，就像啤酒廣告一樣叫著。

「我跟你一樣年紀時，也沒你這麼勤力。」我也喝了一口：「自清，你會有一個很好的未來。」

「才不是，我在公司銷售濾水器的成績就只是倒數幾位，才沒你說的厲害。」他看著我：「我才羨慕你，有兩個這麼可愛又漂亮的女兒。」

「因為用了你公司的濾水器，她們喝的水很清潔，才會變得可愛漂亮呢。」我在讚賞他。

「對！一定是這樣！哈哈！」

我們碰碰啤酒罐微笑。

我從小已經看著自清長大，就像他看著兩姊妹長大一樣。我認識他的父母，可惜，他們都因病離開了，只留下自清一個人努力生活著。

「以後別叫我彰生了，叫我月側就好。」我說。

「好的，月側！」

「希望一切快點回復正常。」我看著窗外的電網牆。

已經是晚上了，他們開著大光燈照著電網牆的範圍，是因為怕有人會逃走？

此時，門外有人大叫：「彰生！」

「愛玲？」我看著她緊張的表情：「發生什麼事？」

「電……電視！電視有廣播！」她心急如焚。

「什麼？」自清非常驚訝：「月側快打開電視！」

我讓愛玲進來，然後我們三個人一起看著電視，按了幾個台也沒有畫面，直至按到一個從來也沒看過的台。

畫面中寫著……

「緊急宣佈，封鎖太和邨……至無限期。」

CHAPTER 02 07 BLOCKADE

同一時間，我們的手機一起響起！

「有……有網絡！」自清高興地說。

我也收到了日央的whatsApp，應該是早前發不出的！我立即打電話給她！

「側！」聽到她的聲音我整個人也安心了。

「日央！妳在哪裡？現在安全嗎？」我緊張地說。

「我……我在太和麥當勞，早上我本想吃早餐，然後就被困在這裡！」日央說：「放心，我現在很安全，兩個女兒呢？」

「她們玩了一整天，現在睡著了。」我笑說：「妳也不用擔心，也許他們很快可以讓妳回來！」

「這樣就好了，你自己也要小心，外面很奇怪，只看到軍人沒有其他人，我感覺到好像有什麼事將要發生！」日央說。

「什麼事也好，只要妳安全就好了！」我說。

「我沒事，這裡有水有食物，沒問題的。」日央說：「側，我愛你！」

「我也……」

就在我想說「我也愛妳」之時，電話再次斷線！

「喂？喂？喂？」我看一看手機，再次失去了訊號：「媽的！為什麼……你們的手機有收到訊號嗎……」

正當我想問他們借手機時，他們兩個人呆了一樣看著自己的手機。

「發生什麼事？」我問。

「我……我同學……蔡紫雲……」

我拿過她的手機，已經沒有了網絡，不過，就在剛才的一分鐘，WhatsApp自動下載了一條別人發給她的影片。

影片是在醫院，一個頭部變形，沒有了左眼的女生，在病房中咬著一個男醫生，血水染滿了醫生的白袍！她一口咬下，把醫生頸部的肉撕了出來！

被咬的醫生滿身是血，那個女生發現了拍片的人，她快速撲向那個護士！護士害怕到立

即逃出病房！

護士關上了門，在門的玻璃窗中，可以看到那個女生滿口鮮血，面目猙獰的表情！

然後……她身後的醫生……突然爬了起來……

畫面立即結束。

「這是……這是什麼鬼……」我也看到呆了。

在外面的世界，這條影片被瘋狂轉載！

在影片的下方，標題寫著……

「太和邨出現恐怖病毒！患者失去理性噬食人類！」

「這……這就是他們封鎖太和邨的原因？」自清也收到相同的影片。

同一時間，電視突然出現一個綠草如茵的畫面，有人開始說話！

「我是聯合國生化研究部門主管高志孝。」

現在我們只能認真地聽著他的說話。

「早前我們發現太和邨出現一種新型病毒，患者最初會有自殺念頭，然後會失去理智咬食他人，暫時已知的情報不多，只知道跟水源有關，所以請不要飲用家中的食水。」

「水……水源？」我皺起眉頭。

「在太和邨的居民請耐心等待，雖然封鎖不能立即解除，不過當我們有更多的情報與有關病毒的資料，會進一步向大家公佈。今晚是發現首宗案例的第七天，所以外出可能會有危險，請繼續留在家中及安全的地方，以免發生事故。」

「什麼危險？什麼事故？！說清楚吧！」我對著電視大叫。

「最後，想跟大家說明，切斷網絡是因為不想讓事件引起恐慌；封鎖太和邨，只是不想病毒散播。這是迫不得已的做法，希望大家明白我們這次的行動。」

說完後，畫面消失。

什麼迫不得已的做法？！

與外界隔絕，他們根本就是想我們……

自生自滅！

CHAPTER 02 08 BLOCKADE

看過那條短片還有剛才的電視警告，我們的心情久久不能平復。

「那個女生是妳的同學？」我終於說話。

「對……」愛玲還未能完全接受：「我見她的時候不是這樣的……」

我明白她的感受，怎說那個女學生也是她的同學。

我像鼓勵兩姊妹一樣拍拍她的頭。

「別太擔心，也許他們正在製作疫苗，很快就沒事了。」我嘗試安慰她。

「對，而且妳同學應該不會被告吧，那個醫生最後也沒事爬起來了。」自清說。

其實我們心知，也許那個醫生已經……不再是「人類」。

我們看過太多電影，很明顯，那個醫生再站起來，將會變成跟蔡紫雲一樣，而我們都習慣了叫這些被咬的人類做……

「喪屍」。

「世界上真的有喪屍嗎？不是只有電影……」愛玲問。

「不，還未肯定是怎樣的病毒。」我嘗試讓大家安心：「也許只是像瘋狗症一樣，未必是我們所想的。」

「現在……怎樣辦？」自清看著我。

「剛才電視那個人說是水源出問題，我們暫時不能喝水喉水。」我認真地說：「問題是，我們除了水喉水，沒有其他食水了。」

「等等，這個不是問題！」自清說完立即走出單位：「你們跟我來！」

因為自清只是住在我們隔籬單位，我放心讓兩姊妹在房間睡覺。

我們走出走廊，來到了自清的1111室，他打開了大門。

「嘿，怪不得你說不是問題。」我笑說。

他家中有數十箱支裝水，是他們濾水器公司的贈品，現在大派用場了。

然後我想到了一個點子。

「我們要不要把水分給十一樓的鄰居？」我問。

「我贊成！」愛玲說。

「但如果宵禁很長時間的話，我們自己夠不夠……」自清猶豫了一會：「好吧，這麼多水，應該至少夠大家喝一星期！一星期後應該沒事了！」

「果然是我最好的鄰居，哈哈！」我搭著他的膊頭笑說。

不是每個人也願意分享屬於自己的資源，但自清願意這樣做，的確是一個很有未來的年青人。

「爸爸……你們在做什麼？」

此時，映雪聽到開門的聲音，吵醒了她，她走出了走廊。

「起身了嗎？」我走到她身邊把她抱起：「現在我們要玩《模擬便利店》遊戲，我們一起派水給鄰居，幫助別人！」

「好像很好玩啊！」映雪精神起來：「我叫妹妹一起玩！」

「好。」我把她放回地上：「派完水之後，妳們都會升級了！」

「升級？」映雪在思考：「是不是遊戲的等級？」

「對！我們一起完成委託任務，就可以一起升級！」我高興地說。

「太好了！我要完成任務！」

映雪說完立即回到房間叫醒映霜。

「我都說你是一個好爸爸。」自清說。

「我可以拜託你們一件事嗎？」我問。

他們點點頭。

「無論發生什麼事，我希望不讓她們兩姊妹覺得是可怕的事，全部都當是……一場遊戲。」我說：「就當是一個『童話故事』。」

他們對望了一眼。

「沒問題！」

沒錯，她們所經歷的，只是一個……

美麗的童話故事。

太和邨

CHAPTER 03 怪 體

HONSTER

怪體

CHAPTER 03 01 HONSTER

頭七。

民間傳統習俗，頭七就是死者的魂魄會在第七天回到家人的身邊，跟家人見最後的一面。

頭七，可以是一個浪漫故事，同時，也可以是一個……恐怖故事。

至於，在太和邨的「頭七」，是指發現首宗案例後的第七天，正好就是今晚。

在這裡發生的故事，是浪漫故事？是恐怖故事？還是童話故事？

或者，每個人都有不同的想法，不過可以肯定的是，從這一晚起，將會改變每個人的一生。

太和邨第10座福和樓，十八樓其中一個單位。

一對夫妻正在家中百無聊賴地渡過宵禁的時間，他們結婚多年，已經對對方失去興趣，大部分時間他們都沒有任何交流，男的一星期有四天都上大陸，女的也沒理會他。

現在要他們兩人困在同一空間，對於他們來說就像地獄一樣。

今晚更是……**十八層地獄**。

男人站在金魚缸前，養金魚是他唯一在家的興趣。

女人從房間走出來，她看到地上滿是金魚缸的水，她破口大罵。

「死白痴！你又弄到全屋都是水！」女人大聲說：「屙尿又射到四處也是！你這個沒用的男人，我真不明白為什麼當年要嫁你！白痴！」

男人沒有反應，不知是在換水還是怎的，他背對著女人。

女人覺得很奇怪，男人竟然不反駁她，她慢慢地走向男人。

「我在叫你！你這白痴聽不到嗎？」

因為沒有開燈，只有金魚缸的藍燈，單位內非常昏暗，女人沒法看到他在魚缸前做著什麼。

她走到了男人的前方，她看見了……男人在生吃著自己養了幾年的錦鯉！

他一口一口咬下去，就像當魚生一樣吃！

「你……你在做什麼？」女人非常驚慌。

男人緩緩地抬起頭看著她，他雙眼的瞳孔已經放大到看不到眼白！而且頭部已經開始變型！

他有多久沒在自己的太太面前笑了？

男人看著她……笑了！

牙縫間還留著剛咬下的鯉魚肉！

男人下一個動作，嘴巴像撕裂了一樣，張到最大，露出尖牙！他一口咬在女人的頸上！把她的頸部整塊肉撕了下來！血水像噴泉一樣噴出！

「呀！！！」女人痛苦地尖叫。

結婚這麼多年，他們從來沒這樣……親密過。

……

……

·

同樣住在十八樓的鄰居，聽到隔籬單位的女人大叫。

「是不是發生了什麼事？」一個年輕女生說。

「會有什麼事？妳也不是第一次聽到隔籬屋的女人大叫吧。」她的哥哥繼續打機。

「但這次她叫得很淒厲。」

此時，他們的浴室傳來了奇怪的聲音，感覺就像有人不斷重複撞著牆壁。

「媽，妳洗很久了，快出來吧！」女生敲打浴室門。

沒有回應，而且聲音愈來愈大。

「哥，媽不知在裡面做什麼！」

「有什麼好做？不就是洗澡吧。」哥哥眼睛沒離開過螢光幕：「別理會她。」

女生覺得奇怪，拿出了鎖匙想打開浴室門。

「媽我進來了！」

女生推開了大門，蒸氣滿佈整個浴室，同時她嗅到了一陣……血腥味！

一個全裸的女人，不斷地用頭撞向浴室牆，血水已經染滿整個浴室，她沒有停下來繼續用力撞向牆壁！

「媽……妳……妳做什麼？」女生被嚇到不知所措。

女人聽到女兒的聲音，她回頭看著女兒！女人的雙眼瞳孔放大看不到眼白！

她下一個動作跟隔籬單位的男人一樣……

一口咬向自己的女兒！

CHAPTER 03 怪體 02 HONSTER

不只是福和樓，其他大樓的居民也開始出現「變異」。

從一星期前出現的多宗跳樓自殺事件開始，當時大家也不覺得自殺跟現在的病毒有關，都只當是「食花生」，現在，大家才發現已經太遲。

暫時所知道的不多，官方說的食水問題，也沒有甚麼解釋。如果是水源問題，他們封鎖了整條太和邨也是無可厚非，不過，不是每一個居民也出現「變異」情況。

是時間的問題？還是其他原因？

又或是連官方也根本不清楚的情況？

他們沒有詳細解釋，不過可以肯定，軍方絕對不會讓「潛在感染者」走出太和邨。

太和體育館。

太和體育館
TAI WO SPORTS CENTRE

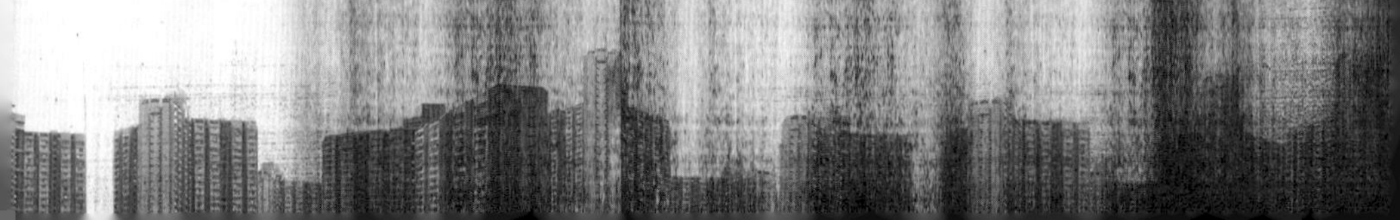

早上被困在體育館的人到現在還未可以出來，幾個軍人正守在大門前。

大部分人都在體育館內的籃球場休息，就算他們沒有被困在大樓之內，也沒有比其他居民更清楚現在情況。

「我又不是住在太和邨，為什麼也要被困在這裡？」一個穿著籃球衣的男人說。

他叫侯清哲，是一個身高六尺二的籃球員。

「都是你吧！為什麼要BOOK太和的體育館？」另一個叫胡賓德的男生說：「到三育打街場不就好了嗎？」

三育就是三育中學附近的籃球場。

「你在怪我嗎？」侯清哲用籃球擲向他：「不是你說三育又要跟隊又要等，我才BOOK場打！」

「媽的！為什麼要用籃球掉我？！」胡賓德生氣地說。

本來兩人都一直看對方不順眼，現在還要被困在這裡，心情更加差。

「你們吵夠了嗎？」一個女生走向他們：「你們不用休息，其他人也要！」

這位女生叫趙欣琴，同樣穿著運動服，她本來是等待籃球場的BOOK場時間完結後，開始羽毛球訓練，可惜，現在她也被困在這裡。

他們兩個男人看著樣子標緻的趙欣琴，沒有再吵下去。

「我不跟你說！我去廁所！」胡賓德說完就走，他走過趙欣琴身邊索了一下：「很香呢。」

「變態。」

胡賓德離開，侯清哲跟趙欣琴說：「他只是口臭，沒惡意的。」

趙欣琴沒理會他，回到自己的朋友那邊。

胡賓德走進了男更衣室。

回收要乾淨 CLEAN RECYCLING

「真的有問題，在女生面前用籃球掉我！」胡賓德在小便兜前自言自語：「不過剛才那個女生還不錯呢，嘰嘰。」

「噠……噠……噠……」

此時，他聽到了身後的更衣室傳來了奇怪的「噠噠」聲。

他打了一個冷震：「是誰？！」

「呀……」

突然傳來了聲音。

那一種叫聲就如人類在內心最深處發出的低鳴悲慘叫聲，表達了痛苦同時，也像一種……解脫。

胡賓德走到了男更衣室探頭一看……

「呀……呀……」

「什麼東西？！」他大叫了起來。

「呀！！！」

他大叫。

不，是「牠」大叫。

CHAPTER 03

03 HONSTER

十分鐘前。

一個在太和體育館工作的保安員覺得身體不適，來到了男更衣室，他本想洗洗臉讓自己清醒。

他的腦海中出現了可怕的自殺念頭，還有那些讓他內疚的過去。

小時候，他曾經目睹一個同學溺水浸死卻見死不救，這件事一直是他的人生污點，甚至影響了他的一生。

此時，保安員看著空無一人的更衣室……

「別……別過來！」他對著空氣說。

在他的腦海之中，出現了那個同學的幻覺！

「是你殺死我的……」

「不！當時，我也救不了你！」保安員說。

「你根本可以，只是你太過驚慌，逃走了⋯⋯」

男孩的五官開始流出血水，保安員不敢再直視，他跪在地上雙手抱頭！

「你也一起去死吧⋯⋯」男孩蹲在他的身邊，在他的耳邊說。

保安員的瞳孔開始放大，快速地覆蓋整雙眼的眼白！

這只是變異的「第一步」。

每個人的變異速度也不同，保安員蹲在地上至少有五分鐘，他完全沒有任何動作，直至他的頭顱開始慢慢地拉長！

「呀⋯⋯」

人類的皮膚是非常有彈性，就如懷孕的婦女，懷孕期間肚子可以漲大數倍。但骨骼卻不能，在他的頭顱拉長的過程中，骨骼發出了碎裂的「咯咯」聲音，對於一個正常人，會是極端的痛楚，不過，也許他已經不可以叫做⋯⋯「人」。

皮膚已經被拉開甚至撕裂，血水從他的臉頰中滲出，臉皮被拉開，可以見到嘴巴裡的牙齒！

頭顱被拉到有三四倍的長度，可想而知他臉上的五官有多扭曲，眼珠也整個爆開！

雖然沒有了雙眼，但他的聽覺卻異常靈敏，還有口中的牙齒也變得鋒利！

不只是頭顱，他的身體也出現可怕的變化。

皮膚被身體吸入，整個身體的皮膚反轉，骨頭開始外露，腐爛的肌肉發出了奇臭的氣味，鮮血不斷從他的身體流出，身上的制服被體內流出的腐蝕液體弄到支離破碎！

他的身上傳出了奇怪的「噠噠」聲，不知道是從哪裡發出！

「噠……噠……噠……」

「變異」還未完全完成，他還可以……再「進化」！

要如何「進化」，暫時還未知道，不過，現在這個全身鮮血的保安員，已經不可能稱之為「人」，也不像電影中，那些行屍走肉般的喪屍，他更像是一隻……

被扭曲了的怪體！

而這一隻變異的「怪體」，不是叫Monster，牠被稱為「**Honster**」……

Human Monster!

「怪體」沒有任何的思考，他的腦幹神經已因為頭部變長而完全壞死，他生存的唯一目的就只有……進食。

他的食物就只有……**新鮮的人類血肉**！

……

……

．

男更衣室內。

怪體初次變異，牠消耗了極大的體力，現在正好非常的肚餓。

非常非常的飢餓！

「什麼東西？！」胡賓德看到牠大叫。

「呀！！！」

怪體聽到了大叫的聲音，敏捷地跑向胡賓德！胡賓德完全沒有任何思考的時間，怪體已經一口咬在胡賓德的頸上！血水從他的頸部噴射而出！

胡賓德能做的，就只有痛苦大叫！

CHAPTER 03 怪體 04 HONSTER

怪體除了咬住胡賓德頸部，牠變異的長甲一下插入了他的腹部！

就如人類屠宰其他生物一樣，把胡賓德的肚皮割開！

他體內的腸、內臟、脂肪、血水通通從他的肚皮瘋狂流出！胡賓德口吐鮮血當場死亡！

怪體就如飢餓的猛獸一樣，吞噬著胡賓德的身體和內臟！

血肉模糊的場面嘔心至極，人類最愛吃其他動物的內臟，而長頭的怪體最愛的就是生吃人類的內臟！

牠一口把一條血淋淋的小腸吞下，然後是其他內臟。牠沒有任何表情，卻感覺到牠吃得津津有味。

怪體沒有破壞他的頭顱，牠像有意識地保留胡賓德的頭部。

怪體清楚知道牠不能破壞腦部，因為……

死去的胡賓德突然張開了雙眼！

他的瞳孔不斷放大，頭部開始扭曲變形，就像剛才的保安員一樣！

就像其他生物一樣，也許怪體沒有像人類的意識，不過牠們清楚知道自己的「職責」。

就是……「**繁殖**」。

牠們知道，要讓更多更多的「牠」出現。

更多更多的Honster。

牠們未必是第一批變異的怪體，但可以肯定也不是……最後一批。

禍不單行，剛才胡賓德的叫聲，驚動了在籃球場的人，侯清哲與趙欣琴等人也來到更衣室看過究竟。

「呀！！！」同行的其中一個女生看到兩隻怪體尖叫。

有些人看到血腥的場面當場吐出來！

「這……這是什麼……什麼怪物？！」侯清哲瞪大雙眼看著慢慢爬起的怪體。

「他的……衣服……」趙欣琴指著爛掉的籃球衣。

侯清哲才不會忘記自己隊的球衣，他不敢相信地搖頭：「胡……胡賓德，不……不會是你吧？」

他想走向兩隻怪體確認是不是自己的隊友。

「別過去！」趙欣琴拉著他的手。

未等他們來得及反應，兩隻怪體已經快速地跑向他們！

全場人都嚇得落荒而逃！

保安員怪體追著逃走的人群，而胡賓德怪體向著侯清哲攻擊！身為籃球員的他，敏捷地閃開！

侯清哲還是不敢相信眼前的怪物就是胡賓德！

「賓德，是我……侯清哲……你想起來了嗎？」侯清哲還未死心，希望牠能夠清醒。

可惜，這個「牠」已經不是「他」！

怪體再次向侯清哲攻擊！這次，他沒辦法再閃避！

「牠已經不是你的朋友！」

突然，趙欣琴揮動她的羽毛球拍擊中怪體！牠的攻擊落空！

「走！快走！」

侯清哲現在才清醒過來，他拖著趙欣琴跑出更衣室！

同一時間，保安員怪體在體育館獵殺其他人類，一個走得不夠快的女人被牠捉住，怪體一口咬下她的手臂，女人痛苦地大叫！

女人已經知道自己必死無疑，合上雙眼等待死亡！

突然！

「砰！」

怪體

CHAPTER 03 05 HONSTER

子彈準確地打入了怪體的眉心！

在大門外的軍人向著牠開了一槍！可惜，怪體沒有倒下，牠撲向了發出槍聲的方向！

「大家一起攻擊！」

幾個軍人一起開槍！

怪體全身已經被打到像蜜蜂巢一樣，依然沒有停下來！子彈不是沒有用，只是傷害範圍太細，對牠來說只是不痛不癢！

其中一個軍人，拿出了一把軍刀，衝向了怪體！

「大兵！別要接近！」他的長官想喝止他。

可惜，任性的他才不聽長官的說話，他快速把軍刀插入了怪體的頭顱！

成年人的頭骨可承受1，200磅的重量，怪體更是人類的1.5倍，大兵用上全身的力量，才把軍刀插入牠的頭顱！

怪體……終於倒下！

「去你的，真的是硬骨頭。」他向躺在地上的怪體吐了一口口水。

那個本來要死的女人，傷口還在流血，不過她微笑了，她知道自己得救了！

「謝謝你軍人大哥！謝謝你們！」她向軍人拜謝。

「砰！」

一切來得太突然……

以為已經死裏逃生，卻……命送於此。

血水伴隨著她的微笑，她倒在血泊之中。

「你為什麼……」張大兵回頭看，開槍的人是長官。

張大兵沒有說話，因為他知道這是上級的命令。

被咬的人立即處決。

什麼是「人性」？

他們已經沒有人性？

不，對著即將變成怪物的人類來說，他們已經不是「人」。

再不是人。

「如果遇上了被咬的人，格殺勿論！」長官大叫。

「是！」

……

：

．

另一邊廂，侯清哲與趙欣琴逃過了胡賓德變異的怪體，他們來到了體育館的後門。

因為體育館內發生事故，後門的軍人前往支援，現在沒有其他人。

「嗄……嗄……嗄……」他們都上氣不接下氣。

「我……我是不是在發夢？」侯清哲驚魂未定。

「那我一定是在夢中救了你。」趙欣琴說。

「現在我們怎樣？要回去籃球場？」侯清哲問。

「你傻了嗎？當然是離開這裡！」

「剛才……剛才胡賓德……」

「他已經不存在了！」趙欣琴更清楚現在的狀況：「我們走吧！」

他們二人從後門離開，趙欣琴雙手緊握著羽毛球拍，他們小心翼翼地繞回體育館的正門位置，軍人們已經不在。

他們有兩條路選擇，一是走進太和廣場，二是走上樓梯，往康樂中學的方向。

「這邊！」趙欣琴選擇了走進太和廣場。

「等等！太和廣場裡會不會有危險？」侯清哲捉住了她的肩膊。

「我住在居和樓，現在我要回家，從商場走是最快的路！」她解釋。

沒再多說，趙欣琴已經走向太和廣場，一旁的商店已經關上鐵閘，奇怪地，商場的玻璃門竟然沒有鎖上。

他們一起走入了昏暗的商場。

「你住哪裡？」趙欣琴問。

「沙田！沙田第一城！」

「商場左面就是太和站，你可以躲在車站，解封時就可以立即坐東鐵回家了。」趙欣琴看著他說。

太和站 Tai Wo Station

侯清哲看著這位漂亮的女生，在這樣的情況也處變不驚，他自己也鼓起了勇氣。

「好，我們走！」

因為商場環境昏暗，他們打開了手機的燈前進。

「好像有點奇怪……」侯清哲看著沒人的商店：「我們被困在體育館時，商場應該同樣被封鎖吧，為什麼現在商場沒有人？」

「也許他們讓商店的人先回家。」趙欣琴說。

「噠……噠……噠……」

就在此時，那些可怕的聲音再次出現！

「噠……噠……噠……」

「噠……噠……噠……」、「噠……噠……噠……」

「噠……噠……噠……」、「噠……噠……噠……」、「噠……噠……噠……」

他們一起向著發出聲音的方向照過去……

五隻？八隻？十隻？

十隻怪體出現在他們的前方！

太和廣場內不是沒有人，只是他們已經變成了……怪體！

CHAPTER 03 怪體 06 HONSTER

麗和樓十一樓。

我、朱自清、張愛玲，還有映雪、映霜，我們一起向十一樓的鄰居派發支裝水。

在我們對面1113室住了一對姓周的老夫妻，還有他們的孫仔，他不是住在麗和樓，不過，孝順的他有時間就會回來陪伴老人家，他叫周天富。

我跟兩姊妹曾經在走廊碰上他聊天，周天富是讀社會心理學的，是個聰明的男生。

我按下他們家的門鐘，很快就打開大門，我們表示是來送水的，他們兩老夫妻都非常高興。

「這是給你們的。」映雪把兩支水遞給她。

「小朋友真乖。」周老太高興地接過水。

「還有！還有很多！」映霜一個人拿四支水有點吃力：「周哥哥也有份的！」

「夠了夠了，我們足夠了。」周老太慈祥地說：「哥哥不在，妳留給自己吧。」

「周先生呢？」我多口一問：「他沒有被困在其他地方嗎？」

「沒……沒有，他有點不舒服，在房間休息。」周老太說。

「好的，我們不阻妳了，映雪映霜，我們向其他鄰居派水吧！」我說。

「我們升級了嗎？」映霜緊張地問。

「啊？」我扮作認真看著他們，還哼出《太空戰士》勝利後的配樂聲音：「啦啦啦啦喇嗱啦喇啦！太好了！妳們已經升了1級！」

「才1級嗎？」映霜有點失望。

「妹妹我們繼續派水，就可以升更多級！」映雪說。

「好啊！快去派第二家！」

然後她們一起走了。

「家姐真的最抵錫呢，嘿。」我苦笑：「好吧，我也要努力！不能比她們的等級低！」

雖然我還很擔心日央，不過這兩姊妹永遠也能帶給我歡樂。

她們就是我的治療師。

我們繼續派水，有幾個單位沒有人，我們只能摸門釘，有人在的單位我們都會派水，明明大家被困在家也很納悶，不過，見到可愛的兩姊妹，大家的臉上都會掛上笑容。

很快來到了1120室，我按了幾次門鐘也沒有人開門。

「可能不在家，我們去第二家吧。」我跟她們說。

就在我們離開之時，一個男生打開了大門，我認得他，他好像在太和便利店工作，而且很久以前我曾看過他穿著我母校的校服，他應該是我的師弟。

「因為廣播說食水可能有問題，我們來送支裝水給鄰居。」我微笑說。

「好好喝的水！」映霜遞起了水。

本來表情緊張的他，看到兩姊妹後，微笑了。

「好的，謝謝。」他接過了支裝水：「不過我覺得我們的食水沒問題，因為有用殺菌濾水器。」

「啊？是1111室的朱自清介紹用的濾水器？」我問。

「哈！對，就是他！」

「烏山明！」自清也走了過來：「他是我的朋友，我們有時會去李福林體育館打桌球！

他是桌球高手！」

「只是玩玩而已，哈哈。」烏山明有點尷尬：「我跟他說用你的濾水器應該沒問題。」

「當然！我們公司的濾水器是……」

自清又再次售貨員上身，滔滔不絕大讚自己公司的產品。

不過，這位烏山明說的話我有點在意，那個殺菌濾水器……真的有效嗎？

「呀呀呀呀呀！救命！救命！」

突然！Y字型走廊的另一邊傳來了救命叫聲！

我們從走廊盡頭看著升降機大堂的方向……

「那是……那是什麼東西？！」

「噠……噠……噠……」

怪體

CHAPTER 03 07 HONSTER

在升降機大堂，一個「人」，不，也許已經不算是人，一個頭部是正常人三四倍長度的「怪物」，全身長滿了爛肉，牠正在看著愛玲與另一個女人！

她們一動也不動，雙手掩著嘴巴，就像定格了一樣！

「那是……什麼？」映雪指著前方問。

「Kevin!《迷你兵團》的Kevin!」映霜想走向前。

「不要！」我一手抱起了她。

「是Kevin啊，爸爸不是嗎？」映霜問。

我還未想到要怎樣回答，烏山明已經有所行動！

他立即關上自己家的大門！我跟自清也來不及反應！

媽的！這個臭小子！至少也讓我兩個女進去屋內吧！現在卻關上了大門！

「現在……現在怎麼辦？！」自清問。

正當我想拍打大門，希望烏山明讓映雪映霜躲進去，1120室的大門再次打開！

烏山明手中拿著兩支桌球棍，他快速把其中一支掉給了自清！

「什麼？」自清呆了一呆。

「我找不到其他武器，就用桌球棍吧！」烏山明快速跑向升降機大堂，他回頭說：「先生！你跟兩個女入去我家避一避！」

我完全呆住了，原來我看錯人了！烏山明不是想躲藏，而是要……救人！

他跑得非常快，同時在走廊大叫：「怪物！去死吧！」

我被這個傻瓜感動到了，在這樣的環境之下，不是只顧著自己的安全，而是要……**鄰里合作**！

我拿過了自清手上的桌球棍，快速跟兩姊妹說：「妳們跟自清哥哥先入屋！」

「爸爸你要做什麼？」映雪問。

我來了一個華麗的轉身，舉起了大拇指說：「打、怪、物、升、等、級！」

我跟著烏山明一起衝向了那頭怪物！

牠好像聽到我們發出的聲音，轉移了目標看著我們！

「快逃！」我大叫。

愛玲點頭，她拉著那個女人：「我們先回去！」

烏山明一棍轟在怪物的身體，牠退後了幾步！

「去死吧！」

我也揮動桌球棍攻向牠的頸部，牠被我轟到牆邊！我跟烏山明對望點頭，我們一起亂棍揮向那頭突然出現的怪物！

我不知道為什麼會出現這樣的怪物，是因為跟病毒有關？這就是封鎖我們太和邨的原因？

現在是什麼也沒關係了，最重要不讓這隻怪物傷害我們！

「怕了嗎？」烏山明大叫：「別要小看我們！」

就在我們以為已經制服了這隻怪物之時……

「不要打！不要！」那個女人走到我們與怪物之間：「他……他是我先生！不要打！」

她們沒有回到單位內！

「什麼？妳先生？」我皺起眉頭。

「他們在１１０２室出來！」愛玲說：「她的丈夫變成了怪物！」

就在我不知所措之時，一隻手突然在我眼前出現！

一隻貫穿了人類肚皮的手！

那個女人被怪物從後攻擊，身體被牠的手臂貫穿！血水四濺！

下一個動作，怪物在她的後頸咬下去！

CHAPTER 03 怪體 08 HONSTER

血腥的電影我也看不少，不過，現在這情境不是在看電影，是在我眼前，有一個人被貫穿身體！

鮮紅色的液體從她的身體和口中不斷流下，比電影看到的更深色，真實的大量出血情況就是這樣！

「泰，嘿嘿。」她在微笑：「本來我想殺了你……沒想到……你被人打的時候……我卻不想你死……想保護你……」

我想起日央說過，有一個婦人想殺死虐待自己的丈夫，也許那個人……就是她！

「現在是你來……殺我嗎……」她口吐鮮血歇斯底里地大叫：「我要跟你同、歸、於、盡！」

她沒理會自己的傷勢，抱著她的丈夫衝向欄杆！他們一起從電梯大堂的欄杆墮下到十樓的大堂平台！

一下巨響出現後，全個大堂也鴉雀無聲，很靜很靜……

我、愛玲、烏山明看著這一幕整個人也呆了。

「呀！！！」

我們被其他單位傳來的慘叫聲吵醒！

我立即走向平台的方向俯瞰十樓下方……

那頭怪物沒有死去……牠在吃著那個女人的內臟器官……她的身體也在蠕動著，她看似沒有死去，卻開始出現了變異……

然後，我聽到打開鐵閘的聲音，還有更多的痛苦叫聲！

「嗟……嗟……嗟……」

「快走！」山明搭著我的膊頭：「先回到我家！你的女兒也在！」

我想到映雪映霜：「對！先回去！」

「我想回去看看婆婆！」愛玲說。

此時，有人從1108室跑了出來！

不是人！而是兩頭跟剛才一樣的怪物，他們一起咬食打開大門的人！其中一隻聽到我們的聲音，目標轉向了我們！

「不！別讓婆婆開門！」我緊張地說：「先到最尾的１１２０室！烏山明的家！」

愛玲點頭，明白我的意思，我們一起跑回１１２０室！

那隻怪物不像電影的喪屍一樣慢慢走，牠跑得比人類更快，追趕著我們！

我們跑到１１２０室前，我用力的拍門！

「自清！開門！開門！」我心急如焚。

長頭怪物撲向了我們！

山明用桌球棍擋著牠！

「快！這東西很大力……」他回頭看著我。

「朱自……」

我還未說完，大門打開！

「大家怎樣了？」他問。

「快！快進去！」

山明把怪物推開，我們三人一起走進單位之內，自清立即關上大門！

大門外出現了碰撞的聲音，我們一起看著木門。

「應該……應該不會走進來吧……」自清說。

我們等了一會，碰撞聲音消失，我從防盜眼看著外面，怪物已經離開。

「走了。」

我們鬆了一口，累得坐了在地上。

「爸爸打怪物成功嗎？」映雪走了過來。

「有沒有升等級？」映霜問。

「有……有……」我立即抱著她們：「我們打贏了怪物，打贏了。」

正當我們僥倖逃過一劫之時，我發現地上有血跡。

我跟著血跡一直看……

「愛玲……妳的手臂……」

CHAPTER 04 淪　陷

FALL

CHAPTER 04 01 淪陷 FALL

太和邨麥當勞。

是香港首家擁有育嬰室及戶外遊樂場的麥當勞，雖然懷舊的藍色屋頂已經被改建，不過，遊樂場依然是小朋友的最愛，映雪映霜也經常來遊樂場遊玩。

可惜，從今天開始，這個深受兒童喜愛的樂園，將會變成……人間地獄。

麥當勞內血跡斑斑，佈滿了屍體，有些是怪體殺死的人類、有些是軍人射殺的怪體，亦有不少選擇自殺的人類，還有戰死的軍人屍體。

從前充滿炸薯條香味，現在變成了惡臭的血腥味。

從前充滿歡樂的快餐店，現在變成了滿地人類殘肢與血肉的可怕地獄。

本來留在麥當勞的人類與怪體已經四散，軍人也全部離開，現在，只餘下小數怪體在麥當勞徘徊。

「別要殺我！求求你！別要……」一個還未離開的男人跪在地上請求一隻怪體。

可惜，怪體根本就沒有意識，牠只會殺戮、進食與繁殖。

牠一口咬住男人的頸部！

不知道是不是牠們也殺到悶了，開始有些怪體選擇獵殺的形式，牠把口張得很大，露出了尖銳的牙齒，然後……

「擦！」

牠一口把男人的半邊面咬下，當然牠沒有破壞到男人的大腦；牠用力一扯，男人的半邊面被活生生地扯去，眼球也掉了出來，當場死亡！

「唔！」

就在此時，怪體聽到了微弱的聲音！

「噠……噠……噠……」

牠立即走向發出聲音的方向！

因為變異的怪體，沒有眼球，而且嗅覺已經被完全破壞，牠只能依靠聽覺來捕捉獵物。

在牠不到一尺的範圍……

一個坐著輪椅的女人，用力地掩著自己的嘴巴，她全身也在抖震！

她一直也在近距離看著男人被虐殺，看到這恐怖的一幕，她不禁發出了聲音！

這個女人是素日央！

因為她行動不便，沒法立即離開麥當勞，她只能靜靜地留在原地一動也不動！

怪體把頭慢慢靠向了日央，他們的距離就只有不足五厘米，日央清晰地看到那個已經扭曲到不似人形的頭部……

日央連呼吸也停止下來，她知道只要被發現，必死無疑！

「噠……噠……噠……」

就在這千鈞一髮之際，玻璃門方向傳來了撞擊的聲音！怪體立即被吸引過去！

同一時間，有一雙手搭在日央的肩膊上！

日央差點叫了出來，她立即回頭看！

一個穿著麥當勞制服的女生做了一個安靜的手勢，剛才是她引開那頭怪體。

「從那邊可以出去！我推妳走！」她在日央耳邊說。

日央看著兒童遊樂場的門口沒有關上，在路上也沒有怪體。

她點頭。

那個麥當勞女職員推著日央的輪椅慢慢向前，怪體還在玻璃門方向找尋牠的獵物。

幾經辛苦，她們終於走出了太和麥當勞，來到了兒童遊樂場。

「謝謝妳。」日央感激女生。

「太太妳曾經幫過我，現在我是報恩！」她笑得很甜。

報恩？

女職員大可看著日央死在怪體手上，卻出手相救必定是有原因。

「嘭！」

她們以為已經脫險之際，前方出現了巨響！

巨響來自遊樂場前方的翠和樓！

「嘭！」　「嘭！」　「嘭！」　「嘭！」　「嘭！」

巨響不斷地出現，她們終於看到發出聲音的原因！

「瘋……瘋了嗎？」

CHAPTER 04 02 FALL

麗和樓1120室，烏山明單位內。

映雪和映霜正在看著他家中的《龍珠》漫畫，我也不知道她們是否看得明白，不過，至少讓她們安靜下來，沒有再叫找媽媽。

沒想到烏山明是一位漫畫收藏家。是人如其名嗎？

從剛才躲到他的單位已經過了一個小時，那些血腥的畫面一直在我們的腦海中揮之不去，幸好兩姊妹快樂的笑聲，至少讓我們可以冷靜下來。

我們其中一個人被關在山明的房間之中。

她是愛玲。

剛才逃跑時，她不小心被那隻怪物抓傷，手臂的傷口流血，我們也不知道她會不會同樣變成那些……怪物。

她是自願被隔離的，如果她變成了怪物，也不怕傷害到我們。

原來山明從小已經認識愛玲，他一直當她是親妹般看待，所以剛才他才會不顧後果去救愛玲。

山明把食物送到鎖著愛玲的房間後，走出來。

「已經一個小時，愛玲沒有任何異樣。」山明說：「我覺得她不會變成那些怪物，可以放她出來。」

「但她的確被那隻怪物弄傷了。」自清在擔心。

的確如此，我不是不想放愛玲出來，只是我不能冒這個險，兩姊妹的安危才是最重要的。

「有血液的接觸，也有一定的危險。」我不情願地這樣說。

「我們投票吧。」山明說：「讓愛玲繼續留在房間的舉手。」

自清舉起了手，為了兩個女，我不情願也要舉手。

「放愛玲出來的請舉手。」山明舉起了手。

「二比一。」自清說：「對不起。」

「誰說的？」山明微笑說：「是三比二。」

我回頭看，映雪和映霜也舉手了。

「她們也是我們一員吧，彰生，對吧？」山明笑說。

「妳們兩個在偷聽啊！」我對著她們說。

「爸爸不是你跟我們說的嗎？」映雪像大人一樣的語氣：「不能欺負女生啊！」

「對啊！放愛玲姊姊出來！」映霜接著說。

「妳們兩個……」我苦笑了：「嘿，算了吧，就三比二，妳們贏了。」

「贏了贏了！」她們兩個非常開心。

或者是我想太多了，愛玲直至現在也沒有變成怪物，也許被弄傷未必會被感染。就算她真的變成怪物，在她變異之前，她一定會先把自己關起來。

兩姊妹讓我看到了……**善良**。

我們把愛玲從房間放出來，她的確跟正常人沒有分別，傷口也沒有什麼奇怪的變化。愛玲知道是兩姊妹投票讓她出來也很高興。

「謝謝妳們。」她對映雪映霜說。

「姐姐不用客氣！」映雪表情可愛。

「我家姐是治療師！我是藥劑師！」映霜拿出了果汁糖：「吃了草莓味果汁糖會補血

的！」

愛玲看著我微笑，我也無奈地笑了一下。

愛玲吃過了果汁糖說：「啊？我傷口不痛了！」

「太好了！」映霜看著我：「升級了？升級了？」

「啊！」我認真地看著她們：「也太快了吧？啦啦啦啦喇嗱啦喇啦！妳們已經5級了！」

「我們升了……」映雪在數數手指：「升了4級！現在是5級！」

兩姊妹快樂得手舞足蹈，非常高興。

我看著她們三人，也一起愉快地笑了。

在這個不知未來的環境之中，我們也一起微笑了。

映雪映霜的確是最厲害的藥劑師、最厲害的心靈治療師。

CHAPTER 04 03 FALL

十一樓的走廊，還是傳來「噠……噠……噠……」的聲音，不時還有痛苦的叫聲。

雖然愛玲很擔心張婆婆，不過，我們現在根本沒辦法走出大門。

「碰……碰……碰……碰……碰……」

已經三十多年樓齡，隔音不會很好，山明隔籬1119室不時傳來撞擊牆壁的聲音，就好像有人用頭不斷撞牆一樣。

不過，很快已經停止。剛才派水也沒有人應門，我想那家人已經……兇多吉少。

映雪映霜玩得太累睡著了，只有她們在這個環境還可以睡得這樣甜。

正當我們全部人快要睡著之時，電視再次出現了廣播！

我們立即醒來！

我第一時間拿出手機，我非常失望，跟上次不同，手機依然沒有訊號，或者是第一次廣

播時，他們還未斷絕所有對外聯繫。

我非常擔心日央，她一定要沒事！一定要！

電視畫面再次出現變化，綠草如茵的屏幕畫面出現，有人開始說話。

「最新消息，太和邨會繼續維持封鎖，直至另行通知。」

然後，畫面再沒有聲音。

「就這樣？至少也跟我們交代一下情況吧！」自清帶點激動。

不久，轉成了一個女人的聲音，她的語氣就似「你所打的電話號碼現在沒有人接聽，請你遲些再打過」的那把聲音，完全沒有語氣與感情，就像機械人一樣。

「已預估了太和邨的居民數目，全邨12座大樓，6,913個單位，18,439名居民，你們全都是隱性患者，不能跟邨外人接觸。」

「他們已經把我們當成傳染病患者了……」山明皺起眉頭。

「噓！聽下去。」愛玲集中地聽著。

「有關你們被困在邨內，這是我們組織的投票結果，同時也是外界大部分市民的意願。我們採取了迅速的行動，才沒有讓病毒瘋狂散播。」

看來外面的世界沒有受到威脅。

大部分人都是為了自己的利益，不能讓懷疑帶菌者傳播病毒。我之前的想法沒錯，他們根本就是讓我們……自生自滅。

對於全港七百多萬人口來說，我們這一萬多名居民，都只是……**微不足道**。

更何況全世界八十億人？

「請放心，各國軍方已經加入這次傳染病毒的事件，在不久的時間會把場面控制，讓太和邨的居民回復正常生活。」

真的是這樣嗎？我覺得情況只會變得愈來愈糟。

「現在報告，病毒感染的情況與應對措施。」

她說完後，畫面出現了一大堆文字。

感染後情況：

現在出現的怪物，我們稱之為「怪體」（Honster），由感染了Honster Virus的人類變異而成。

一、初次感染者最先出現幻覺、幻聽，有自殺的念頭，但不包括被咬者；

二、病毒潛伏期為七日，也有可能會更快變異；

三、暫時未完全掌握感染原因、病毒來源，但確認食水是其中一個感染來源；

四、傷口（血液接觸）與被咬都會因為血液感染而變成怪體；

五、吸入怪體血液，或血液進入人類身體（非受傷），並不一定會受感染；

六、變異為怪體的時間很快，有些人類只需要幾十秒至幾分鐘；

七、被感染後（血液感染），無論有沒有即時死亡，也會變成怪體；

八、變成怪體後，相等於死亡，再不是人類；

九、被感染後（血液感染），不幸去世，亦會變成怪體，除非腦部被嚴重破壞；

十、變成怪體後，頭部會扭曲，比正常人類頭顱長三至四倍；

十一、因為頭部嚴重變形，眼球會掉落，嗅覺也會失靈；

十二、聽覺會變得非常敏銳，除了呼吸聲，人類發出的其他聲響也會吸引怪體。

應對措施：

應對措施只限於暫時已知的情況，並請注意安全。

一、請躲藏在安全地方，我們會盡快安排派送物資；

二、如突然有自殺的念頭，不論是朋友或親人，請立即進行隔離；

三、如遇上怪體，不要發出任何聲音吸引牠們注意；

四、如無法躲藏，攻擊怪體頭顱是最有效方法；

五、別當已變成怪體的人是人類，無論是親人或朋友。

祝好運。

「什麼『祝好運』？」自清生氣地說：「就是說我們要生存下去，只可以靠運氣？」

我跟山明沒有理會自清，因為現在出現了一個更大的問題……

我們一起看著愛玲。

四、傷口（血液接觸）與被咬都會因為血液感染而變成怪體。

CHAPTER 04 淪

04 FALL

「為什麼……我沒有變異？」愛玲瞪大眼問。

不用我們追問，就連她自己也覺得奇怪。

「會不會是他們的資料出錯？」山明說。

「我覺得不是這樣。」我搖頭：「他們可以公開的內容，應該不會有錯。」

「那……」愛玲看著手臂上包紮好的傷口：「如果要變異，我應該在幾分鐘內變成他們所說的怪體了。」

我在沉思。

「這會不會代表有些人是不會被感染？就算是被弄傷。」山明也在猜想。

「愛玲體內是不是有什麼抗體之類的？」自清說。

「我什麼也沒有做啊！都跟正常人一樣生活！」愛玲說。

「我有一個想法。」我認真地跟他們說：「如果說是水源問題，而潛伏期是七天，也許我們不需要被咬與弄傷，都會變成那些怪物。」

「但我們沒有！」自清說：「我們幾個也沒有變成怪體！」

「即是說……我們都可能擁有不被Monster Virus感染的能力。」我說：「現在才可以好好地討論。」

「我們都有……抗體？」愛玲問。

「最初遇上山明時，他有一句說話我很在意……」我看著他。

「我？我說了什麼？」

「你說……」我複述他的說話：「我覺得我們的食水沒問題，因為有用……**殺**、**菌**、**濾**、**水**、**器**！」

「不……不會吧……」自清不敢相信。

「我一家與山明也有用自清公司的濾水器，愛玲妳呢？」我問。

「有！因為婆婆身體不好，自清又正好推銷濾水器，我們家也是用他公司的濾水器！」

我們三個人一起看著自清。

「如果真的是這樣……」自清笑了：「如果我公司的濾水器可以過濾病毒，真的是發大達了！」

我拍他的頭。

「痛啊！怎樣了？」自清摸摸後腦。

「已經不是賺不賺錢的問題。」我說：「如果我的想法沒錯，我想說，你這個小子……救了我們！」

我不知道我的推測有沒有錯，不過，我們身上只有這一個共通點。

也許，自清的濾水器真的救了我們！

「還好我相信你！」山明拍拍他的肩膀：「果然沒介紹錯！」

「連我自己也不敢相信！」自清說。

「除了我們幾個，還有其他住戶買了你的濾水器嗎？」我問。

「太和邨嗎？好像……不是太多。」

「你之前不是說生意很好的嗎？」我問。

「不這樣說別人就不會相信我的產品。」自清說：「我有一份客戶名單在家中！」

「希望那些人平安無事。」愛玲說。

現在知道我們一家人暫時沒有變成怪體的危險，我放下了心頭大石，不過我還是很擔心日央。

就在此時，突然傳來玻璃爆破的聲音！

我們立即往窗外看！

「瘋……瘋了嗎？」

CHAPTER 04 05 淪陷 FALL

同一時間，日央與夏雨彤看著翠和樓的方向。

「嘭！」　「嘭！」　「嘭！」　「嘭！」　「嘭！」

不只翠和樓，日央所住的麗和樓也出現同樣的情景！

月側聽到的爆玻璃聲音和日央聽到的巨響同時發生！

奇怪的物體，不斷從大樓落下！

像雨一樣落下！

是高空擲物？落下的東西，全都是……怪體！

牠們在自殺？

才不是。

牠們把單位內能吃的「食物」吃光後，忍受不了飢餓，一隻一隻從玻璃窗跳下來，去其

他地方找尋食物！

怪體就像雨水一樣紛紛跳下來，不同的單位，無論是三樓還是二十樓，牠們都奮不顧身地跳下來！

如果在遠處看著，畫面非常壯觀！

可惜，沒有人會有雅興欣賞這壯觀的場面，從高處跳下來的怪體，不少已經血肉模糊、支離破碎，更可怕的是，就算是支離破碎，牠們還未死去！

同時，也有完好無缺的怪體，牠們的身體比其他的更堅硬，來到地面後繼續前進找尋獵物！

「夏雨彤！夏雨彤！」日央叫著她的名字：「別要停下來！」

「是……是！我們走！」

她們從遊樂場的側門離開，還好，暫時沒有被怪體發現。

「現在我們要去哪裡？」夏雨彤問：「我不是住在太和邨，也不知道哪裡安全！」

就算現在住在太和邨的人，也不會知道哪裡安全！

「我想回去麗和樓！」日央指著麗和樓。

「不行，剛才那些怪物跳下來時，包圍著整座大樓。」夏雨彤說。

日央咬咬唇，她的確很想快點回去月側和兩個女的身邊，不過，她知道行動不便的她會很危險，而且她不想連累夏雨彤。

「還有什麼地方可以躲起來？」日央內心非常焦急。

就在此時，一隻怪體出現在她們的面前！

日央用手掩著嘴巴，不是她想阻止自己不要出聲，而是她不敢相信……

面前的，是一隻看似只有四五歲的怪體！

身體很細小，頭部卻扭曲變形、肌肉腐爛，非常噁心！

「連小朋友也……」夏雨彤也不禁覺得可憐。

「不要出聲！」日央說。

可惜已經太遲，小孩怪體衝向了她們兩人！

「妳快走！不用理會我！」日央說。

「不……不行，這樣……」

小孩怪體跑得很快，愈來愈接近她們兩人，牠張開了血盤大口，準備飽餐一頓！

「砰！」

一下槍聲，下一個畫面，是小孩怪體被打中頭顱倒下！

牠還沒有死去，兩個軍人走上前，他用軍刀插入小孩的頭顱，血水如泉噴出！

其中一位軍人，就是在體育館那個張大兵！

他們不是有一整隊軍隊的嗎？為什麼現在只有兩人？

「槍聲會吸引其他怪體！」大兵走到日央輪椅後方推著：「妳們快跟我走！」

「是……是！」夏雨彤說。

日央回頭看著麗和樓。

本來她已經接近麗和樓，可惜，現在卻愈走愈遠了。

CHAPTER 04 06 淪陷 FALL

寶雅苑籃球場。

打籃球是很多男同學放學後最好的課外活動，寶雅苑籃球場讓大家留下了不少汗水與回憶，現在，籃球場再沒有穿針的聲音，變成了軍隊紮營的總指揮部署基地。

不，指揮基地已經是數小時前的事。

現在不再是指揮基地，因為軍隊已經在數小時前……**淪陷**。

完全淪陷。

滿地屍骸，血流肉爛的場面佈滿整個籃球場，軍隊的總指揮部接近全軍覆沒。

明明是最精銳的部隊，還有大量的槍械武器，為什麼只是短短的時間，整個基地變成現在的頹垣敗瓦？

因為一個軍人。

沒錯，只需要一個。

那個軍人隱瞞自己被怪體所傷，最後變成了怪體，導致血流成河的災難。

怪體病毒的感染速度比他們想像中更快，直接感染需要七天時間，而被咬和受傷只需要數分鐘甚至更快就會變成怪體。

最初只有一個軍人變異，然後是兩個……三個……四個……

他們手上有武器不是更好對付怪體？

才不，廣播也說得很清楚，遇上怪體，躲在安全的地方是最好的方法，直接對抗只會死傷慘重，集中人群才是最危險。

而且子彈不能立即把牠們射死，措手不及的軍人不斷被感染，最後，集中在一起的軍人基地變成了怪體的……「**繁殖場**」。

只有在外執行任務的軍人，如大兵他們才幸免於難。

廣播說到「軍人會把場面控制」，通通都是虛假的，在外的軍隊也不會再貿然派兵進入太和邨。或者，月側說得對，現在「控制疫情」的最好方法，就是等太和邨內的居民，自生自滅。

大埔消防局對出的汀角路。

TAI PO FIRE STATION
PLEASE CLEAR
請勿接近

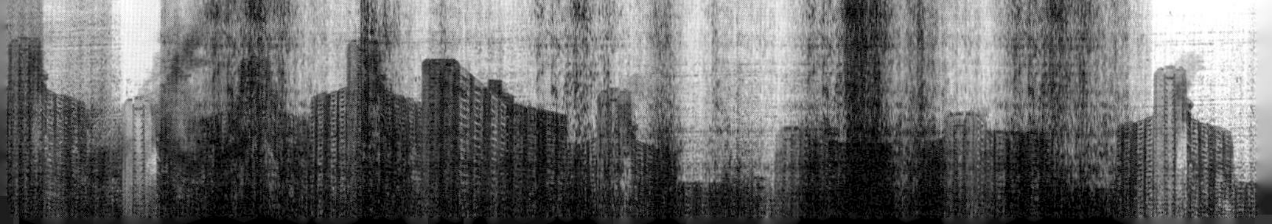

封鎖線伸延到此，高聳入雲的電網包圍著整個太和邨。

消防局也因怪體入侵而淪陷，局內已經沒有半個活人。

「媽的！讓我們出去！」其中一個滿身是血的消防隊長大叫。

「水哥！不要這樣，可能有危險！」另一個消防員說。

「再不出去我們都會死在這裡！」消防隊長說。

他叫方消水，是消防行動組二隊的隊長，多年來，他曾目睹隊員與好友在火場中殉職，但從來也沒想過最重視的隊員會一個接一個的變成了怪物。

「死就死吧！」

消防車上四人，方消水已經沒法再忍受，他撻著引擎，準備衝出重圍！

此時，穿著消防制服的怪體想爬上消防車，方消水看著一個已經變異成怪體的隊員。

「媽的！對不起！」

他用力打開消防車的門把牠推下來！然後開動消防車！

消防車後方，數十隻張牙舞爪的怪體追趕著！

方消水開著消防車長驅直進，他要把高聳入雲的電網撞破，逃離太和邨！

就在他快要撞上電網，子彈打進了消防車之內！其中一個在車內的消防員中槍，當場死亡！

「然仔！」方消水大叫。

子彈不斷打在車身上，消防車的水庫也被打穿，開始不斷噴水！

如果他們再不下車，將會成為蜜蜂竇！

「走！快逃！」

消水絕對想不到，要殺死他們的，不是怪體，而是……人類！

CHAPTER 04 07 FALL

另一邊康樂中學對出的紅橋，封鎖線把整個太和邨西南面與紅橋分隔。

一群從寶雅苑興和閣逃出來的居民，大約有十數人，有老有幼，他們都是從低層逃出來的住戶。他們來到了電網牆前，看著被分隔的紅橋。

居民沒想到每天都會走過的紅橋，現在卻沒法通過。

「放我們出去！」

人群中有人大叫，其他人也跟著一起起哄，一個媽媽跪在地上抱著自己年幼的兒子。

「請你們躲到安全的地方……」廣播在重複播放著。

「現在已經沒有安全的地方！」

「快放我們出去！」

這些畫面，本來只會在中東國家的戰爭中才會看到，居民都為了戰爭而逃離家園，成為難民，沒想到，香港也會有這樣的一天！

「幹你娘！」

一個男人已經快要瘋了，他拿起了一個鐵鏟攻擊鐵絲網！

不到半秒，高壓電快速通過他全身，下一秒他已經全身出煙，僵硬地倒在地上！

人群看到男人被電死，有些人跪下來痛哭。

「你們有沒有人性的！」有人在大罵。

沒有人性？對於沒有被病毒感染的人來說，困著「懷疑被感染」的人才是正確的做法，才是……「最有人性」的事。

更糟的是，他們的吵鬧吸引了附近的怪體，怪體群就像幾天沒吃沒喝一樣，跑向紅橋前的人群！

「噠……噠……噠……」「噠……噠……噠……」「噠……噠……噠……」

「什麼聲音？」

「牠們……牠們來了！」

「快逃！大家快逃！」

可惜已經太遲，十多隻怪體來到他們的位置，開始了……血腥的獵食！

人群紛紛走避，痛苦的叫聲不絕於耳！跪在地上的母子已經無力逃走，她只能緊緊抱著兒子，等待死亡的來臨。

就如野生動物頻道播放的內容一樣，一群飢餓的獅子走向無力的水牛群，「牠們」就只有等待死亡。

「他們」就只有等待死亡。

……

..

.

對於大和郡的居民來說，這一夜是他們人生中最難忘的一晚。

只有恐懼與死亡的一個晚上。

軍隊被殲滅，而且不會再增派人手。

居民變異，沒被感染的卻被怪體虐殺，血流成河。

而且消息封鎖，沒法跟外界聯絡。

根本，就沒有人可以幫助無助的太和郡居民。

不是說世界要「無私」？世界要有「大愛」的嗎？

這些都是人類冠冕堂皇的藉口。

就像遭受戰火的國家，看著那些無家可歸的難民，有其他國家會伸出援手嗎？大家都會以治安會變差、沒有適合地方安置等藉口，拒絕接收難民。

就如現在太和邨一樣。

外界，當然有不同的人權組織發起拯救太和邨的簽名行動，但在網上寫一個電郵、在社交網頁發出一篇痛心疾首的貼文，又有什麼幫助？

更何況，疫情地區就只有一萬多居民的太和邨，如果把他們都放出來，世界將會真正的……淪陷。

這就是我們人類所謂的「人性」。

或者，人性比怪體……**更醜陋**。

CHAPTER 05 拯　救

RESCUE

CHAPTER 05 拯救 01 RESCUE

兩天後的早上，1120室。

「爸爸，我很掛住媽媽。」映雪睡在我的大腿上說。

「放心，很快可以見到媽媽。」我摸著她的頭髮：「媽媽也很掛住妳和妹妹。」

我看著還在睡覺的映霜。

「為什麼我們不回家？」她問：「我也掛住小白。」

「小白很好，有自動出糧機，也有水機，我們很快就可以回去。」我說。

「小白、媽媽……」

映雪慢慢地合上眼睛，再次睡著了。

已經過了兩天，再沒有任何廣播，也沒有發放任何物資，我在想……我們已經完全被放棄了嗎？

我們幾個討論過，全太和邨可能有八成人口已經變成了……怪體。

其他兩成人應該是沒有直接喝食水的居民，又或是用自清公司的濾水器，還有本來不是住在太和邨的人。

沒有變成怪體的居民，仍在這可怕的環境繼續努力生存著。

現在日央生死未卜，我非常擔心，她行動不便，會不會已經……

「別要亂想！沒事的！」我拍拍自己的臉。

此時，愛玲敲門進來，我跟她點點頭，然後把映雪移到床上繼續睡。

「怎樣了？」我走出了大廳。

「沒有聲音，走廊沒有嗟嗟嗟的聲音！」自清說。

「會不會已經走了？」山明在猜測。

我走到大門前，輕輕地打開了大門，從門縫中看著走廊，很安靜，真的沒有怪體發出的聲音。

「我很擔心婆婆，我想回去看看她。」愛玲說。

「而且我們的食物已經不多，我也可以回家拿些罐頭、杯麵之類的東西給大家。」自清說：「當然最重要是支裝水！」

「的確，要補給物資。」山明說：「你們回去後，可以再回來我這裡，我們聚在一起比較安全。」

我家其中一個窗口，可以俯瞰到麥當勞的情況，我想知道日央現在是不是還在那裡，還有……

「大家，我想你們幫我一個忙。」我跟他們說。

「要幫什麼？」山明問。

「你們可以暫時幫我照顧兩個女兒嗎？」我問。

「為什麼？」愛玲問。

「我想去找我太太，她在手機中曾說過，最初封鎖太和邨時，她正在麥當勞。」我說。

「這樣太危險了！」自清說：「現在躲在家才是最安全的！」

我看著兩姊妹睡覺的房門，他們已經明白我的意思。

「她們很掛念媽媽，我想把日央帶回來。」我說。

「但她在外面可能已經……」自清說。

「不會的！日央一定還在！她不會有事！」我認真地說。

我絕對不是一個會冒險的人，不過，我覺得日央暫時躲在一個安全的地方，我想親自去找她，證明自己的這個想法。

同時，也是身為人父、身為人夫的責任！

「我還未結婚，也沒有孩子，不過……」山明搭在我的膊頭：「我明白你的感受。」

「你是一位好爸爸。」愛玲說：「如果我死去的爸爸像你一樣有多好呢。」

他們兩個人對望了一眼。

「在你家集合吧！」山明舉起了手臂：「沒問題！」

「我回去看看婆婆，準備好就會來！」愛玲說。

「你們是……什麼意思？」

「船長，你覺得你的船員會讓你自己一個人冒險嗎？」

他們一起對著我笑了。

CHAPTER 05 拯救 02 RESCUE

討論完後，我們決定各自先回家。

出門前我跟兩姊妹說：「妳們記得我玩過一款叫《潛龍諜影》的遊戲嗎？」

她們想了一想，映雪說：「是不是……咩吐……咩吐基亞！」

「嘿，對，就是Metal Gear。」我點點她們的小鼻子：「我們現在要隱藏與潛行！不要被敵人發現！所以不能發出任何聲音，知道嗎？」

「知道！」映霜說：「完成任務後，我們會升級嗎？」

「這次厲害了，如果妳們成功回到家，立即再升10級！」

「升10級？」映霜數數手指：「就是14級了！」

「笨蛋，是15級啊！」映雪說。

「我知道啊！我就是說15級！」映霜扁扁嘴。

他們三人看到兩姊妹數數目，一起微笑了。

「映雪、映霜，姐姐會先回家，然後再來跟妳們會合！」愛玲也很可愛：「到時給我加能源的糖！」

「沒問題！」映霜搖搖她的糖果罐，表情非常認真。

沒錯，這只是一場遊戲而已，沒問題的。

「好吧，出發吧！」山明說。

他手中已經拿著改裝好的桌球棍，在棍的上方牢牢綁著一把尖刀。

我慢慢地打開大門，一切風平浪靜。

「走吧。」我輕聲說。

走廊沒有任何人與怪體，只是牆上留下了不少的血跡，我看著兩姊妹，她們很專心地跟著我們走，沒有留意這些血跡。

很快，我們已經來到了愛玲的１１２４室單位，我叫她不要用鎖匙打開大門，只要按下門鐘，如果是張婆婆開門，證明她沒有變異。

她按下門鐘後，很快有人打開大門。

「愛……」

張婆婆沒有事，當她想叫愛玲的名字時，愛玲做了一個安靜的手勢，婆婆點點頭。

「我先回去了，一會再見。」愛玲輕聲地說。

我們一起點點頭。

我們離開1124室繼續前行，來到了電梯大堂，大堂佈滿了血跡，在Y字型1101室那邊，還有幾具屍體！

我立即擋在兩姊妹看到屍體的方向輕輕說：「別要看那邊！會扣能源的！」然後指指我們家的走廊。

她們點點頭，我抱起了映霜繼續向1112室的走廊前進。

一切非常順利，走廊沒有怪體出現。

自清先回到自己的1111室，我跟他點點頭。

我們來到了後樓梯與電錶房的位置，映霜突然在我耳邊說：「小黑！」

「小黑？什麼意思？」我問。

「小黑啊！他躲了起來！」映霜指指電錶房的藍色鐵門。

我不明白她在說什麼，沒有理會她，快步回到自己的單位。

我打開大門立即讓兩姊妹進去，然後，我看著空無一人的走廊……

還有電錶房的位置。

我心中出現了一份不祥的感覺。

CHAPTER 05 拯救 03 RESCUE

大家各自回家後。

一小時後。

自清、山明、愛玲，還有張婆婆也來到我的單位。

本來是去山明家的，不過因為山明也想跟我一起去找日央，所以最後來了我家，兩姊妹都是待在自己屋企比較好。

而且，我想叫自清幫我看著兩姊妹，沒想到，他也想跟我一起去找日央，而且張婆婆也在，照顧兩姊妹的責任可以交給她。

我從房間俯瞰麥當勞的位置，附近佈滿了屍體，我更加擔心日央的安危，要盡快出發才行。

「這是……真的嗎？」自清拿起了一把弓箭：「很重啊。」

「當然是真的。」愛玲自信地說：「我的目標是要代表香港出賽奧運，所以一直也很努力練習。」

山明也拿起了一樣東西：「看來你這東西可能很有用。」

是一架小型的航拍機，自清已經把它改造完成，在航拍機上放了一個擴音器，用來引開怪體。

我也拿出了一把日本武士刀，是我年輕時玩《鬼武者》後買回來的。當年我覺得金城武很有型，不過，兩姊妹出世後我也再沒有拿過出來，一直放在床下底。

「張婆婆，映雪映霜就交給妳了。」我跟她說。

「沒問題，我會好好看著她們。」婆婆說。

此時，兩姊妹在房間走了過來，她們都背著自己的小書包，滿滿的，不知道放了什麼東西。

「我們出發了！」戴上草帽的映雪，舉起了一把用積木砌成的劍。

「小白要乖，要聽婆婆話，知道嗎？」映霜手抱著一隻黑貓公仔，蹲下來摸著小白。

「喵~」小白高興地叫了一聲。

「等等……」我看著她們：「妳們兩個做什麼？」

「我們一起去找媽媽！」映雪說。

「不……不行。」我苦笑：「太危險了，妳們兩個要留下來，張婆婆會照顧妳們。」

「不要！我們要去找媽媽！」映霜生氣地說。

「都說不可以！很危險的！」我的語氣很重。

「我很掛住媽媽……嗚……我想見媽媽……」

映霜開始哭了起來，然後映雪也跟著哭了，畢竟她們也只是兩個四歲的女孩。

「放心吧，爸爸會把媽媽帶回來。」我軟化下來，蹲下來拍拍映霜的頭。

「如果爸爸不回來呢？」映雪哭著說：「我不想爸爸離開我。」

然後，她們兩個一起走過來抱著我哭。

「其實……其實有我們看著她們，應該可以讓她們跟我們出去。」山明說。

「不行，太危險了！」我堅決拒絕：「我不是不相信你們，只是……」

突然！

一隻飢餓難耐的怪體，竟然從高處墮下！

牠一手捉住單位的鐵窗框！

我們完全來不及反應！

牠的手伸入了單位之內！

「噠……噠……噠……」

牠像呼喚同伴一樣發出聲音，另一隻怪體同時墮下捉住窗框！

「不能讓牠們進來！」山明大叫。

此時我才清醒，我立即拔出武士刀，山明比我更快，衝向玻璃窗！

「頭！」他大叫。

他用手上桌球棍改裝的武器，插入怪體的頭顱！

而另一隻怪體，被愛玲的箭正中眉心！血水噴到單位之內！

怪體還沒有死去，還緊緊地捉住鐵窗框！

我立即拔出武士刀，把兩隻怪體的手臂狠狠地斬下！

牠們雙雙從十一樓掉下去！

我看著留在地上的兩雙腐爛手臂……

「看來……現在留在家中也未必安全……」自清吞下口水說。

CHAPTER 05 04 拯救 RESCUE

我們立即關上了所有窗，一起處理地上的殘肢。

我叫兩姊妹坐在沙發，我蹲下來跟她們說。

「彰映雪！彰映霜！」我盡量保持微笑。

「是！爸爸！」

「我會帶妳們一起去找媽媽。」

「好啊！」映霜非常高興。

「妳們先聽我說。」

「是！爸爸請說吧！」映雪說。

「我們這次的遊戲會有一定的危險，如果不小心可能會GAME OVER。」我盡量跟她們解釋：「GAME OVER就等於不能再玩下去。」

「我們會小心的！」映雪自信地說。

「是不是會出現剛才的怪物？」映霜指著地上的血跡，不過，她看來一點都不害怕。

「對！妳們記得我玩過一個叫《生化危機》的遊戲嗎？」我問。

她們想了一想，映雪想起了：「包蝦沙！」

「嘿，沒錯，是Biohazard！」每次聽到她說英文我就會傻笑：「就像包蝦沙遊戲一樣，怪物會不斷出現，當遇上怪物時，絕對不要發出聲音，知道嗎？」

「知道！」她們一起說。

「剛才妳們見到那些怪物時，害怕嗎？」我很想知道她們的想法。

映霜搖搖頭：「不害怕！是Minions的Kevin！」

「對！不同的，怪物不是黃色的，嘻嘻！」映雪笑說。

我無奈地苦笑，孩子眼中的世界，我們大人絕對沒法想像。

「總之，妳們一定要跟著我，無論發生什麼事，也要跟著我。」

「知道！」

不知道映霜想到了什麼，她走進了自己的房間。

「爸爸別要擔心。」映雪說：「我跟妹妹會很聽話！」

「姐姐乖。」

映雪很懂事，我絕對不會讓她們受到任何的傷害。

我們再次準備之後，即將出發！

映霜從房間走過來，把可愛的貓貼紙貼在我們的身上，貼紙上的貓都拿著不同的武器。

「爸爸是劍士、愛玲姐姐是弓箭手、山明哥哥是槍兵、姐姐是治療師、我是藥劑師。」

映霜在解釋。

「等等？我是什麼？」自清問。

「自清哥哥是小丑！」映雪指著他。

「為什麼我是最弱的小丑？」

「因為小丑的貼紙多了出來！」映霜說。

「什麼？我竟然是多了出來才……」自清有點不滿。

「算了吧。」山明笑說：「你是小丑就對了。」

我已經跟他們三個說好，無論如何也讓兩姊妹覺得現在的情況只是一場遊戲，他們也非常樂意配合。

映雪映霜，對不起，爸爸要一直騙妳們了。

「啊？妳們加上裝備後，攻擊力和防禦力也增加了！」我看著映雪手上的積木劍，還有映霜的貓貓公仔：「啦啦啦啦喇嗱啦喇啦！妳們現在已經是19級了！」

「19級！19級！」她們非常的興奮。

看著她們高興的樣子，我們緊張的心情也放鬆下來。

「好吧！我們出發吧！」我發施號令。

「你們路上要小心。」張婆婆說。

我們一起點頭。

張婆婆決定留在家中，準備好食物等待我們回來。

我們一字排開，就像RPG遊戲一樣，劍士、弓箭手、槍兵、治療師、藥劑師，還有……小丑，一起出發！

尋找日央的「遊戲」，正式開始！

CHAPTER 05 拯救 RESCUE

十一樓後樓梯。

我們已經討論過，走樓梯比升降機更安全，就算遇上了怪體也不會被困在一個密室之中，我們還可以逃走。如果真的遇上怪體，我們先是保命，以免跟牠們硬碰，他們都了解我的想法。

我們盡量不發出聲音，從後樓梯一起向下走。

山明在最前，我走在最後，保護著映雪映霜。

很快，我們已經來到了九樓，怪體沒有出現，不過，在轉梯級之間，映雪不小心跘倒！

「沒事嗎？」我擔心地問。

映雪搖搖頭，沒有發出任何聲音，還跟我做了一個安靜的手勢。

嘿，她比我更懂玩這個「遊戲」。

我扶起她後，繼續前進。

八樓……七樓……六樓……五樓，很快已經來到了五樓，突然，走在最前的山明停了下來。

「噠……噠……噠……」

可怕的聲音出現在五樓的後樓梯！一個穿著迷彩服的怪體！牠的頭已經扭曲變形！牠好像就是幾天前在升降機遇到的五六十歲大叔！

迷彩服怪體沒有發現我們，牠只是在後樓梯和走廊漫無目的地遊走。

山明做了一個手勢，就是說等牠離開後樓梯走回走廊時，我們再下樓。

「噠……噠……噠……」

可是，四樓又出現相同的聲音！我們看著樓梯下方，又有一隻怪體出現！牠只是呆了一樣站在樓梯之間，但我們沒法繼續向下走！

然後我指指走廊左面的方向，我們可以從五樓走出走廊，再從Y字形另一邊的後樓梯出去。

他們明白我的意思，一起點頭。

我們等待迷彩服怪體從後樓梯轉入走廊，然後牠慢慢地背向我們走，逐漸遠離。

愛玲舉起了大拇指，我們小心翼翼地從後樓梯走到了五樓的走廊。

怪體走向另一邊，我們背著牠一步一步地遠離，映雪回頭看了一眼，然後指指自己的耳朵。

她也認得是當天升降機內穿迷彩服的大叔，我還說牠是一個聾的NPC。

我微笑點點頭。

「噹！」

就在我們以為順利離開之時，自清的口袋中突然掉下一把水果刀！

我立即回頭看，聲音吸引了那隻怪體，牠的頭一百八十度轉向面對著我們！

下一個動作，牠倒後跑向我們！

「大家快逃！」我大叫。

還是人類時，他對小朋友的打招呼不瞅不睬，現在變成了怪物，卻對聲音非常敏感！

牠的血盤大口向我張開！我立刻用武士刀鞘擋著牠的嘴巴！

「對……對不起……」自清還在道歉。

「別說了！你們快帶映雪映霜離開！」我大叫。

愛玲和山明抱起了兩姊妹立即逃走！

怪體咬著刀鞘，我立即拔出了武士刀，然後斬向牠頸部！

可惜我力氣不夠，沒法把牠的頸斬斷！

同一時間，四樓的怪體聽到聲音也衝了上來，牠的尖爪在我手臂上刮出了一道血痕！

我的手臂流出血水！

不！不能跟牠們硬碰！我一腳把牠踢開，然後回頭瘋狂逃跑！

媽的！還沒走出麗和樓，我已經後悔帶她們兩姊妹出來！

我不敢回頭，向著Y字形的另一邊走廊跑！

兩隻怪體發出的聲音，一直緊隨在我身後！

「爸爸！」後樓梯防煙門後傳來了映雪的聲音。

我立即躲到防煙門後！

怪體繼續向著走廊方向跑，沒有發現我們躲在門後！緊張的情緒讓我汗流浹背。

「草……草莓味！」映霜輕聲說。

她看到我手臂流血，把糖果給我。

「乖！」我拍拍她的頭，吃下了糖果。

糖果當然沒有什麼補血的作用，不過，這是我跟兩姊妹玩的「遊戲」，我一定會全程投入。

我看一看走廊的盡頭，兩隻怪體碰上了牆壁。

「妳們的等級又升了1級！很厲害！」我表情帶點痛苦，不過還是笑著說。

「太好了！」映霜高興地說。

我立即做了一個安靜的手勢，再看看兩隻怪體的位置，牠們沒有發現我們。

我輕聲地說：「別要說話，我們現在是玩《刺客教條》潛行遊戲，沒有被發現，我們又可以升級了！」

她們兩個立即用手掩著嘴巴。

此時，兩隻怪體走回頭，發出那些可怕的聲音！我跟大家做了一個安靜的手勢！

我們在門縫中看到其中一隻怪體慢慢走過，牠在後樓梯處停了下來！牠就像在四處尋找獵物一樣！

這次我才真正清楚地看到牠的外貌，牠的頭有正常人類的四倍長度，臉上的五官被拉長而完全扭曲，只有血盆大口是正常的，而且嘴邊還流著血水！

我很怕兩姊妹看到這個怪物後，晚上睡不著。

我回頭看著她們，她們對望了一眼……

竟然一起在偷偷笑！

她們不像我們大人一樣害怕，也許在她們心中只想著……又可以升1級了！

我苦笑。

我們等待兩隻怪體愈走愈遠後，才繼續走下樓梯，我們來到二樓也沒有再碰上那些怪物。

自清從他的背囊中拿出清潔傷口的用具，幫我包紮傷口。

安全下來後，我才感覺到手臂的傷口有點痛，不過，我跟愛玲一樣，沒有什麼特別的感覺，只是跟平常被弄傷一樣。

看來喝了濾水器的水，的確不會變成那些怪物。

「對不起，都是我的刀掉在地上才被怪物發現……」自清很自責。

「別這樣說。」我微笑：「如果不是你，我們一家人早早變成怪物了。」

此時，映霜給自清一顆青色的糖果。

「青蘋果味！補充治療魔法！」映雪代妹妹說。

「是……謝謝……」

自清把糖放入了口中，同時他的眼淚也掉下來了。

剛才，他覺得自己差點害死她們的爸爸，現在卻得到糖果，眼淺的他也被兩姊妹感動了。

「很好吃……我的魔法……」自清一面流淚一面笑著說：「魔法補滿了！」

「自清哥哥是最厲害的魔法師小丑！」映霜給他一個讚。

「對！妳也是最強的藥劑師！」自清抹去眼淚。

在逆境中，我們應該堅強？

在逆境中，我們要抱有希望？

或者，這些都不是真正的答案，我們應該在逆境之中……**保持童心**。

CHAPTER 05 07 RESCUE

康樂中學。

因為被封鎖的那天，沒有學生回校上課，現在學校反而是一個安全的避難所。

張大兵與他的軍人隊友馬仁信，把沿路拯救的太和邨居民帶到了學校，居民暫時安全。

他們兩個守在中學的大閘前，看著外面的情況。

「大兵，基地是不是已經全軍覆沒？」馬仁信問。

「應該是吧。」大兵吐出了煙圈：「我從來沒試過在學校抽煙，嘿！」

「你認真一點好嗎？」馬仁信說：「該死的，我們現在只能等增援到來。」

「我覺得不會有增援了。」大兵說。

「為什麼？」

「我們的對講機已經聯絡不上外面，這不是巧合。」大兵掉下煙頭：「他們可能已經徹底放棄我們了。」

「不會吧？」

「不，應該是說……」

他拿起一把M249 SAW自動步槍，向著圓形露天劇場的觀眾席方向開了一槍，正中一隻怪體的額角。

「應該說，是整個太和邨已經被放棄了。」大兵說。

他說得一點也沒錯，現在他們只能靠自己繼續在這可怕的環境中生存。

「走吧，我們去拿點食物。」大兵說。

他們破壞了學校小食部的鐵閘，把食物帶到禮堂內。

一進入禮堂已經聽到吵架的聲音。

「她被弄傷了！不能把她留下來！」一個男人大叫。

「對！她一定會變成怪物！」另一個男人說。

他們就是那天有人跳樓，對警察舉起中指起的老波，還有他的朋友老瘦。

「她到現在還沒有變異，不一定會變成怪物！」夏雨彤說。

老波他們口中被弄傷的人，就是坐在輪椅上的素日央。她在麥當勞時，被一個快要變成怪體的人弄傷了小腿，不過，他跟月側和愛玲一樣，沒有變成怪體。

「現在未變，之後可能會變！」老波對著避難所內其他的居民說：「到時她變成怪體，我們這裡的人都會沒命！」

他在利用群眾壓力，這是人類最常用的排他手段。

日央沒有反駁他，因為她真的曾經被弄傷，只是她不知道自己因為家中安裝了濾水器，有免疫的能力。

「小姐，我覺得妳不應留下來。」一個女人說，她身邊還有一個四歲的兒子：「身為人母的，也不想孩子會受到傷害。」

「雖然妳坐在輪椅，不過還是離開吧，我們都不想死在妳手上。」另一個男人說。

其他在避難所的人都紛紛勸喻日央離開。

大家都口口聲聲說要幫助殘疾人士，現在大難臨頭，沒有一個人站出來幫助日央。

「如果你們擔心，我離開吧。」日央說：「沒問題的。」

「我們不是在歧視妳跛腳，記得別要誤會！」老波說。

他明明就是歧視，人總是喜歡說漂亮的籍口，去美化自己的說話。

「沒有人需要走。」大兵走進禮堂。

「你是什麼意思？別以為帶我們回來就是你話事！」老波說：「我們來投票，認為跛腳女人應該離開的舉手。」

禮堂內大部分的人都舉起了手。

「不行，她……」

大兵本想反駁，日央卻阻止之後的罵戰。

「沒問題的，我可以離開。」日央微笑說。

大兵看著堅強的日央：「好，妳跟我來。」

「我也不留下來！」雨彤生氣地對著其他人說：「你們這些沒人性的人！比怪物更可怕！」

他們一起離開禮堂。

CHAPTER 05 拯救 08 RESCUE

他們離開禮堂後，經過了校務處。

「學校有雜物房，妳們先在那裡休息吧。」大兵把食物交到雨彤手上。

「謝謝你。」日央禮貌地說。

「我想問妳，真的被怪體弄傷了？」大兵問。

「對，雖然我後來才發現，不過的確是被牠們弄傷。」

「但妳沒有變異……」大兵想不通：「沒關係，妳們去雜物房休息吧，就在小食部旁邊，裡面只放置一些體育用品，到時我再給妳們更多的食物。」

「軍人哥哥你是好人。」雨彤說。

「別這樣說，如果妳們變成怪體，我也會……」大兵奸笑：「親手把妳們了結。」

大兵不是說笑的，他只是想知道日央會不會在未來日子變成怪體，如果她真的變異，就會親手了結她。

同一時間，馬仁信在禮堂內分發食物。

「別要搶！大家平均分配！」他說。

可惜他沒法阻止在場的人搶食物和飲品，就如颱風來臨時，超市被搶購一空一樣。

「執輸行頭慘過敗家」這句說話，深深印記在香港人的腦海之中。

不過，在禮堂內有一個人，剛才沒有舉手贊成日央離開，現在她也沒有去搶食物。

她叫張開萍，那天看到有人跳樓還在笑的中年女人。她曾經是一個護士，不知什麼原因，幾年前被革職了。

張開萍瑟縮在一角，看著那群搶食物的居民，笑了。

她的笑容，就像那天看到跳樓死亡的屍體一樣詭異。

和廣場
CAUTION

太和廣場。

從太和體育館逃出來的侯清哲和趙欣琴，他們幾經辛苦躲過了商場內的怪體，來到了太和站。

本來欣琴想經太和廣場回到她住的居和樓，可惜在長電梯處，聚集了大量的怪體，她根本沒辦法回去。

他們決定逃進太和站內。

不幸地，他們不斷遇上怪體，欣琴的羽毛球拍根本就沒法對付那些怪物，他們一起躲進了月台上的控制室。

已經過了兩天，控制室內有一台小型蒸餾水水機，可惜快要喝完。

清哲站起看著鐵路月台，怪體的數目一直沒有減少，而且變得更多。

「再這樣下去，不被咬死也會餓死！」清哲坐了下來。

「我很想吃便利店的星洲炒米，還有叮叮點心燒賣、牛肉……」欣琴看著天花板幻想著。

「看妳這麼瘦，原來喜歡吃這些垃圾食物。」清哲說。

「什麼垃圾食物？這是我小時候最愛吃的美食。」欣琴說：「我聽我爸爸說，太和邨從前的7-Eleven是在愛和樓的地面，不是三樓……」

這兩天二人共處一室，他們無所不談，已經變得很熟絡，而且遇上這樣的困境，任何人都需要找人分享心情與感受。

「你知道嗎？以前東鐵不是叫東鐵，而是叫火車。」欣琴繼續說。

「唉……」清哲帶點氣餒轉移了話題：「如果再這樣下去，我們會死在這裡。」

「其實我們真的要在這裡等死嗎？」欣琴說。

「我們怎樣出去？閘口那邊已經全是怪物。」清哲說。

此時，欣琴看著控制室內的港鐵路線圖。

「我們真的要從閘口那邊出去嗎？」欣琴反問。

「妳想……」

然後，他們一起看著閘口的反方向，粉嶺那邊的方向。

「不如我們沿著鐵路向羅湖方向走！或者可以離開太和邨！」

CHAPTER 05 救援 09 RESCUE

麗和樓對出位置。

我們幾經辛苦終於走出了麗和樓，在麗和樓對出的空地滿佈屍體，斷手爛肉已經不用說，有些更是攔腰切開兩半，內臟與器官掉落滿地。

大量的蒼蠅在屍體上飛行，屍蟲也從屍體中爬了出來，極度嘔心。

自清與愛玲看到這場面也吐了出來。

幸運地，我們沒發現怪體的蹤跡。

映霜蹲在地上，不知想摸什麼東西，我認真一看，是一個已經腐爛的人頭！

「別要碰！」

映霜立即縮手，回頭看著我：「這個小朋友很可憐啊。」

是一個小孩的頭顱，我快速把她抱起：「如果摸到牠會扣能源的，記得不要摸那些東西！」

「知道爸爸。」

「看來你兩個女兒比我們更厲害。」自清抹抹嘴巴：「她們對怪物和屍體一點都不怕。」

我只能無奈地苦笑。

「爸爸。」

映雪叫我，她指著地上一隻已經被攔腰斬開，而且內臟也掉了出來的怪體。

「噠……噠……噠……」牠已經失去雙腿，只能慢慢地爬向我們。

「牠好像很痛苦啊。」映雪有點擔心：「可以給牠吃糖補血嗎？」

「不……不行。」我說。

「為什麼？」

「這……」我還未想到解釋。

「因為牠是NPC壞蛋。」愛玲拖著映雪的手：「是大魔王的手下，不能救牠。」

「原來是壞蛋！」映雪現在才知道，反應很大：「壞蛋！別過來！」

我看著愛玲微笑，謝謝她說出美麗的謊言。

「我們走吧，應該可以從遊樂場進入麥當勞。」自清說。

「映雪妳要跟著我們，知道嗎？」我說：「我們很快就可以見到媽媽了。」

「知道！」

「我很掛住媽媽啊！」

其實我的心跳得很快，因為我根本不知道日央現在的情況，希望她可以躲到安全的地方，逃過一劫。

我們一行人從遊樂場前進，我叫愛玲照顧著兩姊妹，我不想她們進去見到已經變成怪體的日央。

不會的……不會的。

「不用太擔心。」山明拍拍我的肩膀。

「對，阿嫂一定吉人天相。」自清說。

「嗯，謝謝你們。」

我們三人放慢了腳步走進麥當勞，裡面的情況可以用慘絕人寰來形容，屍臭味充滿了整間快餐店。

我們四處搜索，日央要坐輪椅，要發現她其實不算困難。看著沒有一點生氣的麥當勞，我心中反而想：「不要找到日央！不要！」

我們從店面開始尋找，然後是只限職員可以進入的地方，還有製作食物的廚房。

自清看到那個末炸起，卻發霉染上了血跡的薯餅，吐了出來。

「不行了……我以後不會吃麥當勞早餐……」他一面吐一面說。

我們四處搜索了一遍。

沒有，沒有發現日央的輪椅，她不在麥當勞內！

找不到日央，反而讓我鬆了一口氣。

首先，沒發現她的屍體，即是代表了她沒有在麥當勞遇險，而日央也跟我們一樣，就算被咬也不會變成怪體，現在麥當勞也沒有怪體的出現。

她一定是躲在一個更安全的地方！

一定是這樣！

搜索完後，我們走出麥當勞回到遊樂場。

「媽媽呢？」映雪走向我。

「為什麼不見媽媽」映霜說。

「對不起，這次，我們的拯救任務……失敗了。」我笑著說。

日央，妳去了哪裡？

我跟兩個女也很想妳，我們一定會找到妳！

CHAPTER 06 中學

SCHOOL

CHAPTER 06 01 SCHOOL

「耶穌基督是道路真理生命。」

走進學校範圍，就可以看到這一句話。

或者，上帝也不會想到，太和邨會變成染滿鮮血的地方。

道路、真理、生命重要嗎？在這樣的環境中，現在就只有「生命」最重要。

「生存」更重要。

這所中學面積不大，卻有三十多年的歷史，很多學生也在這裡留下了不少青春的回憶。

校舍被高高的圍欄包圍著，現在成為了安全的避難所，包括素日央和夏雨彤等人，大約有二三十人在這「避難所」內。

可惜在這晚以後，這所由牧師創建的中學，不再是天堂，而是成為了……**地獄**。

禮堂內，安置在這裡的太和居民已經入睡，而張大兵和馬仁信在學校外巡邏，只有一個人，她正在準備著什麼東西。

她是張開萍，她曾經是一個護士，卻因為一宗醫療事故被革職。

為什麼她不去睡覺？因為她正準備著她的「小實驗」。

當年發生了什麼醫療事故？當時張開萍把某些液體注入了一個初生嬰兒的體內，還好及早發現，不然嬰兒會死亡。

她當然說自己是粗心大意，其實，她是有心這樣做。

禮堂內，張開萍找到一個實驗對象，一個睡到打鼻鼾的男人，他是老瘦。

她靜靜地走到老瘦身邊，然後在他的手臂上快速注入血液！

正在熟睡的老瘦感覺到痛楚，睡眼惺忪張開了眼睛，他看到了表情詭異的張開萍！

「妳……妳在做什麼？」

「沒什麼，就是想找個人做實驗，嘰嘰。」

老瘦看著自己的手臂：「妳在我手臂打了什麼？」

張開萍沒有說話，只是在滿足地微笑。

「快說！妳做了什麼？！」

此時在禮堂內睡覺的人被他吵醒。

「老瘦，你大叫幹嘛？我正好發春夢被你吵醒！操你媽！」老波大罵。

「她……她在我手臂不知打了什麼！」老瘦非常驚慌。

「喂！妳這個八婆做了什麼？」老波走了過來。

「只是實驗實驗，嘻嘻嘻！」張開萍瘋瘋癲癲地說。

「正癲婆！老瘦算了吧也沒什麼，快去睡。」老波打了個呵欠：「沒事沒事，大家快去睡。」

「沒……沒什麼？」老瘦看著大家也繼續睡覺，沒有理會他。

張開萍也走回了牆角，用一個詭異的眼神一直看著他。

「豈有此理，明天我才找妳算帳！」老瘦也感覺到睡意，背著張開萍睡覺去。

張開萍在他手臂注射了什麼？

是一支載滿怪體血液的針筒！

她很想知道，不是被弄傷，而是被注入血液，會不會讓一個人變成怪體！

她眼也不眨繼續盯著老瘦，就像盯著自己的實驗白老鼠！

人性裡其中一種最醜惡的，就是漠不關心，在禮堂內的居民根本不知道「漠不關心」這四個字……

將會讓他們墮入萬劫不復之地。

CHAPTER 06 02 SCHOOL

晚上，麗和樓的地下層，某政黨的大埔支部聯絡處。

拯救任務失敗後，我們沒有回到十一樓，而來到這個聯絡處。單位內空無一人，正好作為我們休息的地方。

我看著牆上那些什麼政黨的宣傳海報，不是說幫助社區的嗎？他們什麼也做不到，有什麼屁用。

我們離開麥當勞後，沒有放棄尋找日央，我在麗和樓、翠和樓一帶搜索過，不要說日央，我們連半個活人也沒看見，怪體卻在漫無目的地遊走。

我們甚至走到「垃圾籃球場」對出的林村河，已經被高高的電網牆圍封，整個電網牆只有一個地方是沒有完全封閉，就是前往大埔墟站鐵路下方的位置，不過，在寶雅路上佈滿大量的怪體，我們根本不可能去到那裡。

這樣說，往粉嶺的方向，鐵路位置也沒有電網嗎？

幾天前，我才經過對出的太和橋去上班，沒想到，現在已經是與世隔絕了。

我們在聯絡處找到一張地圖，嘗試圈出有大量怪體出沒的地方，避免跟牠們接觸。

「不如明天我們試試用航拍機引開寶雅路上的怪體。」自清提議：「然後從沒有電網牆的地方逃走。」

「不行，我們要幫月側找到阿嫂才可以離開。」愛玲說。

「我覺得就算走到電網牆，他們也不會讓我們出去。」我說：「因為外面的人都當我們是隱性患者。」

「我在便利店工作時，出現了一個自殺的男人，他應該就是第一批被感染的人。」

山明說出早前發生的事，當時大量白袍人在便利店出現，而且還對山明做了一些測試，最初他不明白為什麼要這樣做，現在他終於明白了。

也許，他們都當我們太和邨居民是帶有病毒的傳染者。

「我在學校也是這樣。」愛玲說：「他們沒有叫我去警局，反而是他們來到學校要我落口供，當時也有白袍人在場，也對我做了測試。」

「住在太和邨的居民是不是已經被完全放棄了？」自清非常失望。

「不。」我指著鐵路沒有電網的位置：「現在我們不是好端端的？我不知外面的世界現在是怎樣，不過，我們身上可能有對抗病毒的抗體，也許，這是唯一可以離開的方法。」

「他們應該不知道我公司的濾水器可以阻隔病毒！」自清高興地說。

「對！正常來說，他們不會讓我們出去外面的世界，但只要我們分享自己沒有變成怪體的情況，也許有一線生機，這是我們離開的籌碼。」我說：「不過，現在最重要是找到她們的媽媽。」

我看著熟睡的映雪與映霜。

「放心吧，我們不會這樣自私就走，一定會幫助你的！」山明說。

「我也是！」愛玲和應：「我才不捨得掉下兩個可愛的妹妹。」

「謝謝你們。」我嘆了口氣：「不過，整個太和邨很大，也不知道現在日央在什麼地方。」

「大家……大家快來看看！」自清看著自己的手機：「今天我用航拍機拍下的相片！我用藍牙傳送到我的手機！」

我們一起看著他的手機。

就在麥當勞對出的巴士站的地上，有人用噴漆在路上寫著……**「康樂中學SAFE」**這幾個大字。

「是我學校！」愛玲說。

「怪體才不會用噴漆呢，是有人噴上去！應該是還生存的人類！」山明高興地說。

「學校有圍欄，的確是很好的避難所，加上封鎖時學校沒有開放，就算有怪體，數量也不會太多。」我在思考。

「或者阿嫂就在學校避難！」自清說。

我點點頭。

我們的希望出現了！

休息過後，向我的母校出發！

CHAPTER 06 03 SCHOOL

大埔政府合署停車場。

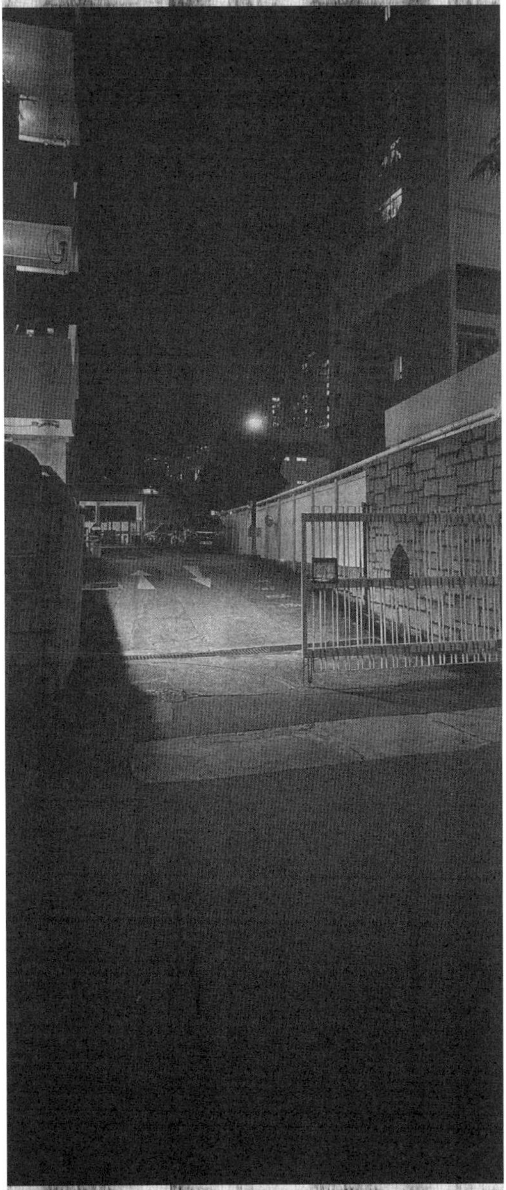

消防隊隊長方消水逃到此處，他的手臂被子彈擦傷流血。

「媽的……」

他雙手緊握消防斧頭，用力劈向停車場入口那個穿著郵差制服的怪體！他要把心中的怒氣發洩，瘋狂地不斷劈，直至怪體變成了爛肉！

四十多年，消水從來也沒有想過會遇上這種可怕的事，身邊的隊友相繼死去，他被子彈所傷，同時被困在太和邨內。

他想起了自己的太太與兒子，他們在外面一定是非常擔心他。

「砰！」

突然停車場內傳來了槍聲，一個穿著軍裝的警察向他開槍，慶幸沒有打中消水。

「等等！我不是怪物！我是人類！是人類！」消水舉起了雙手。

這個軍裝警察，就是在跳樓現場維持秩序，剛入職不久的劉仁偉。

他不斷地搖頭，精神非常繃緊，很明顯他快要瘋了。

「我沒惡意的！我是消防局的消防員！」消水放下了斧頭：「我也是被困在這裡的人！」

「血……你手臂的血！你身上的血！」劉仁偉緊張地說。

「我是被子彈打傷！這些血是我在停車場門口斬殺的怪體的血！」消水慢慢走向他：「我沒有被咬，沒有受感染！」

「別過來！再走前我開槍！」

「得！沒問題！我不再行前！」消水停了下來：「我在這裡等，如果我沒有變異，你就相信我嗎？」

消水在一輛汽車旁邊的地上坐下，他的手臂還在流血。

劉仁偉也放下了警槍，坐到另一邊。

在停車場的微弱燈光之下，他們沒有說話，也許他們心中都在想著同一個問題……

「媽的，怎會發生這樣的事？！」

不久，消水打破了沉默。

「我的隊員全都死了……媽的……全都是跟我出生入死的朋友！」消水低下了頭，雙手插入髮根。

「我的師兄也變成怪體了。」仁偉冷靜了下來，雙眼泛起淚光：「或者很快就到我……很快就會變成那些怪物……」

「至少你有槍，到時一槍打向自己的太陽穴，什麼也不知道就死了。」消水說。

仁偉好像被弄醒了一樣，他看著自己的手槍，然後……把槍指著自己的太陽穴！

「等等！我不是叫你現在自殺！」消水叫停了他。

仁偉會開槍嗎？不，他才沒有這個勇氣，他的眼淚流下。

「媽的，就算要死也要死得有價值！」消水說。

「來到現在，還有什麼是有價值的？」仁偉反問。

他問了一個很好的問題。

消防員也好、警察也好，他們入職時的理念和價值是什麼？除暴安良？拯救市民？

不，他們都只是想著政府工的高薪厚職，還有很多假期，表面看上去都很英勇，很有使命感，實際都只不過是心中的虛榮感。

「我不知道你怎樣想，現在我只想打爆那些仆街怪體，還有……」消水緊握著拳頭：「……**救得幾多得幾多**。」

他說要救的，當然是……人類。

就如火場內的傷者。

仁偉呆了一樣看著他，他好像想起小時候想當警察的原因與理念。

「呀！！！」

此時，政府合署內的郵政局傳來了女人的慘叫聲！

他們對望了一眼。

選擇救人？還是……逃走？

CHAPTER 06 中學 04 SCHOOL

凌晨時份，學校的禮堂內。

「他」醒來了。

「牠」醒來了。

老瘦被張開萍注射的針劑發揮了作用！牠開始變異！頭顱開始慢慢地拉長！

此時，一個三歲的男孩睡醒，他看著背對著他的老瘦慢慢地變異，男孩不知道發生什麼事，只是覺得很奇怪。

男孩走近了老瘦，張開萍沒有睡覺一直在看著，她沒有阻止男孩走向牠。

老瘦回頭看著男孩，牠的瞳孔放大，眼珠快要被拉扯的頭顱弄爆！

男孩終於看清楚老瘦恐怖的樣子，他不像映雪兩姊妹一樣不怕怪物，男孩終於哭了出來！

大聲地哭了！

同時，弄醒了其他的居民！

「文仔……文仔呢？」男孩的母親現在才發現兒子不見了。

下一個畫面，老瘦把嘴巴張大，露出鋒利的牙齒，然後……

「擦！」

一口咬住男孩的半邊身軀，牠用力一扯，男孩半個上半身……消失了！

男孩的上身噴出血水，只餘下殘缺不全的身體！

他的媽媽看到整個人也呆了，完全不敢相信眼前的景象！

「呀！！！」

同時，其他的居民看到這一幕瘋狂大叫！老瘦聽到了聲音立即撲向禮堂內的人群！

禮堂內的居民立即逃走，他們本想走出禮堂，卻發現禮堂的大門不知何時已經被單車鍊鎖死！沒法逃走！

吃了男孩身體的老瘦變異得更快，已經完全變成了怪體，牠咬著一個男人的後頸，把他的肉撕出來！

場面一片混亂！

只有一個人在笑，她是就張開萍！是她把大門鎖上！

「原來打入血液也會變異，嘰嘰嘰，有趣有趣呢。」她發笑的樣子，比怪體的外表更可怕。

張大兵與馬仁信呢？

他們還在學校外圍巡邏，根本不知道禮堂內發生的事！

血肉橫飛的畫面不斷出現，這一群曾經趕走日央的人，不會想到自己竟然會有這樣的下場！

慘死的下場！

……

…

.

同一時間，雜物房內。

日央和雨彤沒有睡覺，她們一起看著雜物房內唯一的窗口。

「如果看到星星就好了。」雨彤說。

「天上無星，心中有星。」日央微笑說。

「日央，妳想念家人嗎？」她問。

「嗯，很想。」日央溫柔地說：「不過，我知道他們一定活得好好的，我們很快就可以見面。」

「妳小腿的傷真的是被怪體弄傷？」雨彤問。

「對，在妳來救我之前被弄傷，不過，我沒有感覺到什麼異常。」

「可能妳身體內有抗體！」雨彤高興地說：「會不會是傷殘人士會有抗體？」

雨彤知道自己好像說多了，連忙道歉：「對不起，我不是想說妳是傷殘……」

「沒關係。」日央笑說：「對，妳曾說我幫過妳，現在妳是報恩，其實是發生了什麼事呢？」

「妳真的忘了嗎？」雨彤有點失望。

「但我之前好像真的沒有見過妳。」日央在回憶著。

「山區兒童。」雨彤說。

「山區兒童？」日央在思考著：「很久以前，我曾經……」

「對，就是我。」

「不會吧？我助養的女孩好像比妳膚色黑很多！」日央不敢相信：「而且名字也……」

「夏文靜！」她們一起說出了名字。

日央已經不能不相信了。

「當時我在山區生活，每天都要落田幫手，皮膚就變黑了。」雨彤說：「來到香港後，我改了名，因為山區經常乾旱，所以我改了中間有個『雨』字。」

日央微笑看著月光下的她。

「當時我只是小孩，可能現在變了很多，不過，妳沒有什麼改變呢。」雨彤說：「當年生活很艱苦，差點要被家人賣走，就是妳救了我。日央，妳說我現在是不是報恩？嘻！」

日央泛起了淚光，在月色下更是動人。

她從來沒有想過，曾經幫助的女孩，現在卻拯救了她。

那一群趕她們出來的居民現在正被虐殺，而她們卻在雜物房內沒有受到波及。

總是有人問，為什麼做好事卻沒有好報？

不，不是沒有，而且永遠在你已經忘記，也不再在意之時……

「好事」才會不經意地出現。

CHAPTER 06 05 SCHOOL

日央和雨彤聊了一會，大家都累了，決定睡覺休息。

突然有人用力拍打雜物房的大門！

「讓我們進來！讓我們進來！求求妳們！」

她們對望了一眼，根本不知道發生了什麼事。

「怪體！有怪體出現！快開門！」

「雨彤開門吧，讓他們進來！」日央坐在輪椅上不太方便。

「但……」

「他們懂得求救，應該不是怪體。」日央說：「怎樣也不能見死不救。」

雨彤了解日央的想法，她走到大門前打開木門，未等木門完全打開，幾個人已經衝了進來把雨彤推到地上！

是禮堂的居民，他們從禮堂台上的後門逃了出來！

「快關門！關門！」

說話的人是老波，他跟幾個居民走進雜物房後立即關上木門！

「發生了什麼事？」雨彤問。

木門外繼續傳來了呼救的聲音，雨彤想開門，卻被老波一手推開！

「不能！怪體已經很接近！不能開門！」老波大叫。

「對！救不了所有人的！別要開門！」另一個男人說。

不到幾秒，求救的聲音變成了痛苦的慘叫！剛才進來的居民用背擋著不斷被撞擊的木門！

慘叫聲讓人毛骨悚然，不過，很快已經靜了下來，只餘下「噠……噠……噠……」的聲音！

「媽的，真的很險！差點就變成那些仆街怪物！」老波抹去額上汗水。

「剛才為什麼要關門？！」日央帶點生氣：「明明就夠時間可以讓他們進來！」

「妳這個跛的別囉嗦！」老波一腳踢在日央的輪椅上：「我才不會他媽的跟那些廢柴一起死！」

「對！他們被咬就只能怪自己跑得慢！不關我們的事！」男居民理直氣壯地說。

所有走進雜物房的人，都把自私的行為說成理所當然。

日央不斷地搖頭，善良的她不敢相信這幾個人會自私到這個程度。

惡劣的環境，讓人性的醜惡發揮到淋漓盡致。

「我們在這裡休息，等那兩個軍人回來！」老波拿出了一把鎅刀指著日央：「妳也被弄傷過，如果妳變成怪體，別怪我不客氣！」

「你們別要亂來！」雨彤非常生氣。

日央看著那把鎅刀，心跳得很快，她心中只想著自己的丈夫與兩個女兒。

「老公，快點來救我！」

……

…

·

同一時間，張大兵與馬仁信爬過了學校停車場的鐵閘，來到了外圍。

他們看著林村河前的巨型電網牆。

「你覺得我們可以回去嗎？」仁信問。

「天曉得。」大兵抽了一口煙，把煙遞給他：「你怎知道外面的世界不比這裡更糟？」

「如果是這樣，他們根本用不著這電網。」仁信指著前方：「世界也毀滅了，還裝電網幹嘛？」

他們嘗試過離開，可惜電網牆的另一邊不讓他們出來，就算是軍人也不能外出。

「其實，你不覺得現在的世界很寧靜嗎？」大兵說：「人類不敢發出聲音，同時，怪體聽到聲音就會攻擊。」

「你是什麼意思？」

「或者，地球上的人類太多了，需要清理一下，嘰嘰。」大兵說出了心中的想法。

「如果是這樣的話，我第一個就清理你。」仁信說。

「噓……噓……噓……」

在草叢對出的空地，突然出現了怪體發出的聲音！

他們立即躲在草叢後方！仁信馬上做了一個安靜的手勢！

大兵的槍已經對準發出聲音的方向！

「擦！」

來得太快太急！像樹藤的東西飛向了他們！

樹藤從仁信的左面太陽穴穿入！再從右面太陽穴穿出！

大兵整個人也呆了，只看著已經當場死亡的仁信！

那隻怪體……知道他們的位置！

大兵根本就沒時間思考，他看著仁信慘死，心中一慌立即逃走！就在草叢外，他看到了殺死仁信的那隻怪體！

不是長頭顱……

而是……**闊頭顱**！

牠的頭是向橫生，不是向上！臉頰扭曲有正常人的三四倍闊！更可怕的是……牠的眼睛沒有爆裂，牠能夠看到眼前的景物！

牠對著大兵……笑了。

CHAPTER 06 ― 06 SCHOOL

麗和樓地下政黨聯絡處。

我們沒等到天亮，就已經準備好出發。其實都因為我們根本沒法好好睡，更重要是兩姊妹一早就醒來了，她們在吃著張婆婆做的飯團。

可愛極了。

我們討論著去學校的路線。

我不知道日央會不會在康樂中學，不過，這已經是我唯一的線索。

「我覺得走停車場可能會比較好。」山明指著地圖說：「沒有花草樹木，不怕怪體突然出現攻擊。」

「還是走巴士站？路途可能會遠一點，不過，那些在地上的噴字都是在巴士站發現的，可能走這邊比較安全。」愛玲提議。

我看著地圖，沒想到現在只是走一段十分鐘的路程，我們都要這樣小心翼翼。

「走巴士站吧。」我解釋：「如果出現大量的怪體，自清的航拍機可以飛起引開牠們，停車場樓底太矮，航拍機用不了。」

「就這樣決定吧！」自清充滿自信：「我對航拍機的控制能力非常有信心！」

「爸爸，吃不吃？」映雪把半個飯團給我，她的嘴邊還黏著一些米粒。

「爸爸不餓，妳吃吧。」

「爸爸我們是不是去找媽媽？」映霜也走了過來。

「對，媽媽在等著我們。」我微笑：「啊？妳們已經25級了，出現了新的道具！」

「太好了！是什麼道具？」映霜很期待。

然後，愛玲把一個貓頭形狀防狼器交到她手上。

「這是什麼東西？」映霜問。

「這叫防狼器，如果妳們遇上了什麼危險，立即拉開鎖頭，貓頭就會響。」愛玲跟她們解釋：「出現響聲後，妳們要立即掉走這個貓頭，然後逃走，知道嗎？」

「貓貓很可愛，要掉走牠嗎？」映霜不忍心。

「貓貓會回到貓星球，不用擔心。」我接著說：「記得別要現在拉開。」

怪體會被聲音吸引，這個防狼器可能會在危險中發揮作用。

「另外映雪也有新的道具，但妳要小心使用。」我拿出一把摺合的袋中刀。

我示範了如何彈出刀尖。

在正常的情況之下，我絕對不會給她們任何武器，不過，現在已經沒有選擇了。

「如果遇上什麼危險，妳要用它保護妹妹，知道嗎？」

「我會的！」映雪拿著摺合刀。

我把刀交給了映雪而不是映霜，因為我知道家姐比妹妹更懂事，她會明白什麼時間使用。

「好！妳們兩個快背上背囊！我們準備出發！」

「是！」

不只是兩姊妹回應我，他們三人都非常有幹勁地回應。

我在想，跟他們一樣年紀時的自己，絕對不會像他們一樣成熟。

就在我們出發前，我才發現兩姊妹的背包都是滿滿的，其實她們帶了什麼東西呢？

算了，什麼也好，現在最重要是找到日央。

我們一行六人離開了聯絡處，外面出現了零星的怪體，我跟他們做了一個安靜的手勢，

我們慢慢地貼著牆壁離開，沒有被牠們發現。

我們選擇了巴士站的方向，經過了「康樂中學SAFE」噴字的位置，繼續向前走。

在路旁泊著兩三架私家車，車內已經沒有人。

數隻怪體在馬路上漫無目的徘徊，不過牠們沒有發現我們。

我們繼續向前走，來到安和樓的位置，終於遠遠的看到……康樂中學！

「剩下一段路就可以到達學校了！」自清說：「真懷念讀書時的自己。」

「我一點都不懷念。」愛玲說。

「當然，妳現在就在這間學校讀書，當然不會懷念吧。」我說。

或者我比自清更懷念，因為我比他年紀更大。怎說我也是從這中學開始的，然後一步一步出社會工作，再組織小家庭。

「砵~~~~~」

突然在我們身後，傳來了響咹的聲音！

「發生什麼事？！」

CHAPTER 06 07 SCHOOL

我看著身後一輛貨車，貨車內的司機已經變成了怪體！

牠被困在車廂內，牠聽到我們的聲音想從車廂走出來，卻無意間按下了響咹！

那隻怪體沒法從車廂走出來，我們沒有危險，不過，響咹聲卻會吸引其他的怪體！

牠們就像飢餓的獅子群一樣，快速奔向我們！

「我們快逃！」我非常緊張：「映雪映霜要跟著我！」

「知道爸爸！」

不能再等！我們快速走向學校的方向！

可惜，已經太遲！

十數隻怪體從四面八方衝向了我們，如果只有我自己一個，也許可以逃走，不過現在還有映雪映霜！

一隻最接近我們的怪體撲向我！愛玲一箭射入牠的腳背，把牠釘在地上！

同一時間，山明也用他的桌球棍刀劈下另一隻怪體！

「自清！快用航拍機引開牠們！」山明說。

不行！不夠時間！航拍機還未升空，那些怪體已經來到我們的位置！

我擋在兩姊妹的前方，汗水不斷地流下！

我們……要死在這裡嗎？

我死沒關係，但映雪映霜不能死！

她們還要見日央！

還有什麼方法？！還有什麼方法？！

突然，我身後傳來了一句說話！

「一二三！**紅綠燈！**」

我看著大叫的映雪，她跟映霜用手掩著自己的嘴巴，一動也不動！

是我跟她們玩過的集體遊戲……紅綠燈！

此時我才恍然大悟！是我跟兩姊妹說遇上了怪體不要出聲！現在她們反過來示範給我看了！

同時，他們三人也明白兩姊妹在做什麼！

不要發出聲音！甚至不要移動！

怪體的目標不是我們！而是貨車的響咹！

我們就像定了格一樣！大批的怪體從我們身邊經過！

牠們的身體傳出惡臭的血腥與腐爛氣味，噁心的氣味在我們身邊飄過！

突然！一隻怪體把映雪整個人撞低！怪體的耳朵像雷達一樣不斷地震動著！

我差點就叫了出來，而映雪一聲叫痛也沒有，依然用力地掩著自己的嘴巴！

映霜還看著我做了一個「噓」的手勢！

她們比我們更冷靜與鎮定！她們才是這場「遊戲」的最強玩家！

現在，我們變成了怪體認知中的「死物」，就算被碰到也不能發出聲音！

我立即回身蹲下來用身體抱著她們兩姊妹！我們是石頭！是石頭！是不會發出聲音的石頭！

不知道過了多久，那些怪體群已經全部走到貨車的位置！

我做了一個手勢指著學校前方的草叢，他們明白我的意思，我們慢慢地向著草叢的位置前進。

我一左一右拖著兩姊妹的手，一起來到草叢遮蔽的位置，那群怪體沒有發現。

「映雪、映霜，妳們救了我們！」山明拍拍她們的頭。

她們也不知道自己怎樣救了大家，不過，聽到山明的說話，她們非常開心。

「爸爸，我們是不是又升級了？」映霜問。

「啦啦啦啦喇啍啦喇啦，妳們已經30級了！」我笑說。

「太好了！」

「現在我們可以見媽媽了嗎？」映雪問。

「對！我們一定可以找到媽媽！」我堅定地說。

我看著已經非常接近的康樂中學。

日央，妳要等我們！

耶穌是主

CHAPTER 06 中學 08 SCHOOL

學校雜物房內。

已經過了數小時，天也快亮了，雜物房外已經沒有任何的聲音。

「應該安全了嗎？」男人問。

「我怎知道？」老波說。

「而且我也有點餓了。」另一個男人說。

他們不只侵佔日央她們的雜物房，還把大兵留給她們的食物全都吃光。

「那兩個白痴軍人到底去了哪裡？」老波生氣地說：「沒辦法，現在找人出去看看是什麼情況。」

「我才不出去！」男人說。

「投票吧。」老波指著日央：「誰覺得讓最大的負累出去，舉手。」

然後雜物房內的五個人一起舉手。

「不公平！」雨彤說：「你們都是一伙的！」

「小妹妹，妳現在才知道世界不公平嗎？」男人走向了她，用淫邪的眼神看著她：「像妳這些初出茅廬的女生，應該要給妳好好教導一下，嘰嘰。」

「夠了！」日央擋在男人前方：「沒問題，我出去看情況！」

「日央！」雨彤非常擔心，蹲下來看著她。

「沒事的。」日央對著她溫柔地微笑：「我也想知道現在出面是怎樣。」

「但……」

日央在雨彤耳邊說：「如果沒有事，我們別要留下來，有時人類比怪物更可怕。」

雨彤點點頭，明白她的意思。

「媽的！別要囉囉嗦嗦，快出去！」老波再次踢輪椅。

他們打開了木門，老波用力把日央推出去，然後把門關上，留下一條門縫看著。

日央看著地上慘死的屍體，他們沒有變成怪體，腦部應該已被重創。

她心想，明明就可以救他們的，卻因為老波他們的自私自利，讓這些人分屍慘死。

「快看看有沒有其他的怪體！」老波在門縫中叫著。

日央看看四周的環境，除了地上的屍體之外，沒有發現怪體。

「沒有。」日央轉身看著小食部：「小食部也沒有被破壞。」

「媽的！太好了！」老波立即打開大門走了出來。

那些自私的居民也第一時間衝了出來，走到小食部搶食物！

雨彤走到日央身邊：「我們離開這裡！」

日央點頭。

突然，在小食部有人大叫！其中一人在小食部裡面發現了一樣「東西」，他一手捉住了那東西，牠是……

一隻嬰兒大的怪體！

牠的外表已經完全扭曲變形，頭部變長，皮膚也腐爛，男人捉住牠的手，牠想咬那個男人，卻沒法做到。

「操你娘！就是你們這些怪物害我們現在變成這樣！」老波一腳踢在怪體嬰的身上。

牠的手臂斷開，跌在地上！

怪體嬰痛苦地叫著，跟其他的怪體不同，牠好像……感覺到痛楚！

那群男居民不斷地踩著牠發洩！

「欺善怕惡」。

某些人類，就是這樣的生物。

對著成年的怪體，牠們只會逃跑，當出現沒有還擊力的嬰兒怪體，他們的醜惡人性就會出現，不斷痛下毒手！

「叫？叫什麼？」老波一腳踩在怪體嬰的頭上：「我一腳就可以把你踩死！」

「不要！停手！」

日央已經沒法看下去，想阻止他！

可惜已經太遲，怪體嬰發出最後一聲慘叫！嬰兒的頭骨比成年人脆弱，老波一腳把牠整個頭踩爆，腦漿與血肉橫飛！

「妳是怎樣了？可憐那些怪物嗎？」老波對著日央說：「還是妳快要變成跟牠們一樣的怪物？賤人！」

曾經十月懷胎的女人，最清楚要讓孩子順利出生是多麼艱難的事，有太多的不適、有太多的擔憂，才能讓孩子安全地出世。

日央完全沒法接受老波他們的行為。

同時……「牠」也沒法接受。

「不如要她表演吃那個怪物的腦漿！嘰嘰嘰！」一個男人笑說。

就在他笑得正高興之際……

小食部突然跳出了一隻怪體！

牠的肚皮已經被劏開，奮不顧身地跳向那個男人！在男人的頸部深深地咬下去！

牠是……怪體嬰的媽媽！

CHAPTER 06 09 SCHOOL

怪體嬰的叫聲，就像在呼救一樣，校內的怪體被聲音吸引，瘋狂跑向小食部的位置！

那隻媽媽怪體咬完男人後，立即撲向另外一個男人！牠好像在為自己的孩子……報仇！

「我們快走！」日央叫著。

雨彤推著日央，希望從後方繞到學校的操場逃走！

「死開！」老波大叫。

老波推開了雨彤，他躲在日央身後推著輪椅，老波要用日央的輪椅開路！

「不要！」雨彤只能看著日央被當成擋箭牌。

一隻怪體已經接近日央與老波！

「妳死好過我死！」老波大叫。

日央已經沒法反抗，她只能合上雙眼，等待死亡！

在她的腦海之中，出現了月側與映雪映霜微笑的樣子！

一直以來，就算自己不能走路，他們一家也過得很幸福，映雪映霜都很聽話，從來也沒有嫌棄過坐在輪椅上的媽媽。

她與家人一直也堅強地生活著。

她不想死，但已經不到她自己選擇。

「你們要好好生存下去！媽媽要先走一步了！」她心中暗念。

「擦！」

血水噴到日央的身上！

不是她的血，而是怪體的血！

牠被一支箭準確無誤地貫穿了前額！

「日央！！！」

日央聽到了一把熟悉的聲音，她緩緩地張開眼睛，下一秒，她的眼淚已經在眼眶中打滾！

月側來到她的面前！

用武士刀把怪體的頭顱斬下！

「老……老公……」日央還以為自己在發夢，她摸著月側的臉：「真的……真的是你嗎？」

「媽媽！」

當日央聽到兩把叫著自己的聲音，她知道自己並不是在發夢！

「映雪！映霜！」

「媽媽！我跟爸爸來救妳了！」映雪高興地說。

「媽媽！我很想妳啊！」映霜見到媽媽，快要哭出來。

日央比兩個女兒更眼淺，眼淚已經不禁掉下來。

「快上來！」月側背對著日央，要她爬到自己的身上：「我們不能在這裡停留！」

「我們上一樓課室！」剛才射箭的愛玲來到他們身邊。

「要快了！愈來愈多怪體接近！」山明刺穿一隻怪體頭顱後也走了過來。

「我已經放出了航拍機！聲音會吸引牠們！」自清說：「我們快逃！」

「雨彤，跟我們來！」日央說。

「是……是！」

就在大家準備離開之時，老波捉住了映霜！

「你在做什麼？」映霜在掙扎。

「快放手！」日央大叫。

「我要跟你們一起走！不然妳的女兒就會變成我的擋箭牌！」老波大叫。

他們已經沒有時間考慮，要立即離開！

「如果你傷她一條毛，你會死得很慘！」月側憤怒地說：「快走！」

他們一行人走向了學校的樓梯，大量怪體追著他們！

愛玲轉身向其中一隻怪體射箭！怪體中箭後沒有倒地，繼續追上來！

月側背著日央跑上樓梯，日央看著那隻正在吃內臟的怪體，是怪體嬰的媽媽！她們對望了一眼，日央明白牠的痛苦，儘管牠已經不是人。

「對不起。」她心中念著。

CHAPTER 06 10 SCHOOL 中學

康樂中學一樓。

我們逃到音樂室，山明把追著我們的怪體一腳伸出門外！然後關上大門！

自清找來了一支掃把，卡在大門門柄上，不讓怪體進來！

「音樂室只有一道門？對？」太多年了，我已經忘記了：「有沒有後門？」

「沒有後門！」愛玲說。

沒問題的，怪體暫時沒法撞開木門，現在總算安全了。

我把背著的日央放到木椅上，然後二話不說，回身一手把映霜搶回我的懷抱內！

「這個男人推日央去那些怪物那裡！」雨彤指著老波說。

「人之常情吧？難道我自己去送死？」老波完全沒有悔意。

「轉頭才跟你算帳！」我看著映霜：「沒事嗎？」

映霜搖搖頭說：「映霜沒事！我要找媽媽！」

我把她放下，兩姊妹立即跑向日央擁抱著她。

「媽媽，我很想妳啊！」映雪說：「媽媽別要離開我！」

「不會，媽媽才不會離開妳們呢。」日央流著眼淚微笑。

「媽媽，我們現在已經30級了！」映霜說：「有能力保護妳！」

「太厲害了！一路上辛苦妳們。」日央抹去淚水看著我。

我無奈地苦笑，日央是世上最了解我的人，她當然知道我跟映雪映霜說這是一場「遊戲」。

「不過妳們應該要留在家中，而不是跟爸爸來找我。」日央吻在映雪的頭上：「太危險了。」

「我阻止不了她們。」我苦笑走到她們身邊：「她們兩個太想見妳了。」

「但……」

我沒等她說下去，吻在日央的唇上，不只是兩姊妹，我也是……「太想見妳了」。

「爸爸媽媽醜死鬼！嘻！」映霜傻笑。

「很多人，別要……」日央帶點尷尬地微笑。

我看著山明他們，然後一起笑了。

我們互相介紹，穿著麥當勞制服的夏雨彤，她救了日央，是我們一家的救命恩人，我跟兩個女兒非常感激她。

「日央，妳的小腿受傷了。」愛玲說。

「對，不過我沒有變成那些怪物。」日央說。

「我先幫妳消毒包紮！」自清拿出了消毒用具。

「我也被弄傷了。」我伸出包紮了的手臂：「也沒有變成怪體，還有愛玲也是。」

「怎會這樣？」日央不明白。

然後，我們開始分享這幾天各自的經歷，我跟日央也非常感激自清，他公司的濾水器救了我們。

此時，突然出現了鋼琴的聲音，夏雨彤坐到鋼琴前，開始彈出音樂。

「這樣會吸引怪體……」

我正想說之時，山明微笑指著一個廣播用的咪：「沒問題的，是全校播放，反而可以引開怪體。」

琴聲響起，是一首耳熟能詳的音樂，也許，是一歲至八十歲也懂唱的歌曲。

「太陽像個大紅花~在那東方天邊掛~圓圓面兒害羞像紅霞~只是笑不說話~」

映雪映霜一面跟著唱一手面舞足蹈。

是《小太陽》。

我苦笑，沒想到在這樣的環境，竟然看到大家的臉上會出現笑容。

我看著日央，她也笑得很燦爛。

「爸爸媽媽我們一起唱！」映雪拖著我的手。

我、映雪、映霜、自清、愛玲、山明手拖手圍成一圈，日央在我們中間，我們一面唱歌一面圍著日央轉圈，大家的臉上都掛著久違了的笑容。

很奇怪的感覺。

不知怎樣，我的眼淚……快要掉下來了。

在這個逆境中，我們竟然找到一樣很難存在的東西，就是……**快樂**。

忘記痛苦的快樂。

只是一分鐘、三十秒、十秒也好。

我們都十分需要這種小確幸。

CHAPTER 06 中學 11 SCHOOL

「太陽像個大紅花~在那東方天邊掛~圓圓面兒害羞像紅霞~只是笑不說話~」

禮堂內播放著琴聲，怪體向著喇叭的方向走去，血肉模糊的外表，跟這首兒歌造成強烈對比。

「太陽像個大南瓜~在那高高天空掛~照得滿山歡樂融融~草兒發嫩芽~」

小食部外播放著琴聲，正在吃著人類內臟的怪體，好像被美妙的音樂吸引似的。

「大嘴巴~笑哈哈~落了也要往上爬~敬他~愛他~我把心願交給他~」

一樓音樂室外的走廊，播放著琴聲，怪體被聲音搞亂，不知聲音從哪裡傳出，有些甚至從一樓窗外掉到地下，頭部爆裂，血花四濺。

「太陽倦了便回家~夜裡休息少驚怕~明晨月兒落旭日重來~依舊往上爬~」

康樂中學內，播放著這首《小太陽》兒歌，就像在諷刺著整個環境一樣。

或者，用「諷刺」不足夠說明，應該是在「對抗」著這個人間地獄。

突然，廣播器的琴聲停止。

換來的，是混亂的聲音！

在音樂室內，發生了事態！

……

…

．

音樂室內。

正當我們唱著歌，希望在這可怕的環境中找尋一點點的快樂、一點點的幸福，沒法想像的事情發生了。

因為來得太突然，根本沒有人可以阻止。

也沒有人可以……改變。

在我的一生中，沒有一天比這天更痛苦。

在未來的日子，也不會有比這一天來得更痛苦。

就在那一秒，我在自責，為什麼沒有察覺？

為什麼沒有一點戒備？

我……應該可以做什麼？

時間可以回到過去嗎？

可以回到我們快樂的日子嗎？

那個老波衝向了我們，牠就像有目標一樣，目標就是……日央！

牠已經變異，瞳孔放大！

然後……牠在日央的後頸……**咬**、**下**、**去**！

鮮血……噴在我的臉上！

琴聲停止、我們停止、就如……空氣也停止了……

牠用力一撕，日央的頸被咬去了一大片！

「日央！」

自清與山明把老波拉開！

愛玲想拿回自己的弓箭！

映雪映霜還在呆呆地看著日央被攻擊，她們沒法立即作出反應！

我用手按住日央的頸部，血水不斷地流出，從我的手指縫隙快速地流下！

我立即脫下了外套，阻止血水流出！

「自清！急救！急救！」我大叫。

同一時間，老波變成的怪體反抗，牠的力氣很大，擺脫了他們兩人，牠想攻擊山明！

雨彤也來幫手阻止！

愛玲拉弓射中了牠的額頭！可惜牠依然發瘋一樣想繼續咬人！

場面一片混亂！

日央用染血的手，輕輕撫摸著我的臉。

「媽媽！」映雪映霜呼叫著她。

她們根本不知道發生了什麼事，只知道媽很痛苦。

「雨彤！雨彤！」我大叫。

「是……是！」

「妳先把映雪映霜帶走！帶到對面的課室！」我的汗水流下：「要小心！」

「知道！」

我不想她們看到日央這樣痛苦，而且那隻怪體還在，映雪映霜不能留下來！

CHAPTER 06 12 SCHOOL

「我不要走！我要媽媽！要媽媽！」

「一會再見媽媽！快走！」雨彤說。

雨彤把她們拉走，同時，山明把怪體的頭顱用刀刺破！他跟愛玲用盡全身的力量，把牠推向牆壁，把牠緊緊地釘在牆上！

「我來看看！」自清在看著日央的傷口：「咬……咬傷了大動脈……」

「快止血！快！」我大叫。

「這……這樣的情況一定要送去醫院！我沒法治療！要去醫院！」自清慌張地說。

「媽的！哪裡會有醫院？快救她！快！」我抽起了他的衣領。

「日央不是一般的傷，我根本不能……」

「我叫你……」

就在此時，日央捉住了我的手……我冷靜下來。

「側……不……不要緊……」日央微笑地流下眼淚：「我……已經不行……不行的了……」

「不！沒問題的！我可以救妳！」我的眼淚已經像雨水一樣流下：「我可以！」

「你要……好好……照顧……兩個女兒……」日央說：「我……最放不下心是她們……她們要好好……長大……長大成人……像爸爸一樣……」

「不……不要像我！要像媽媽一樣！」我緊緊地抱著日央：「要像妳一樣！」

「別要……別要讓映雪映霜……失望……別要讓她們……有一個痛苦的……童年……」日央依然堅強地說：「遊戲……遊戲要繼續……繼續下去……」

「我會！她們會有一個快樂的童年！」

「讓我見見……映雪映霜……最後一面……」

我看著已經染成紅色的外套：「但……」

「沒問……沒問題的……叫她們來……」日央摸著我的臉：「把我……抱到地上……」

「快！叫雨彤帶映雪映霜回來！」我大叫。

「是！！！」

我把日央抱起放到地上，她依靠在我的身邊，我感覺到她的呼吸愈來愈急速。

「媽媽！」

很快映雪映霜已經回到音樂室，她們立即走向我們。

「媽媽，發生了什麼事？」映霜擔心。

「沒什麼。」日央吸了一大口氣，她要扮成平時一樣說話：「只是有一點點累而已。」

「但媽媽妳好像很痛苦！」映雪說。

「沒有，一點都不痛苦。」日央堅強地說：「映雪，妳要好好照顧妹妹，知道嗎？」

「我會啊！」

「映霜，妳要好好聽爸爸跟家姐的話。」

「我知道！」

「媽媽很快就要去一個很遠的地方。」日央摸著她們的臉頰：「不過，媽媽會在遠方守護著妳們。」

「我不要媽媽走！」映雪抱著日央：「我不要！」

「傻瓜，媽媽從來也沒有走，一直在妳心中。」她指指映雪的心胸：「只要妳們可以到達99級，媽媽就會回來，是不是爸爸？」

「是！哈哈！」我一面流淚一面大笑：「妳們要努力！要到99級！」

在場的人聽到後，也流下了眼淚。

我們在說謊。

不過，這是一個美麗的謊言。

對於她們來說是……**最美麗的謊言**。

CHAPTER 06 13 SCHOOL

「知道媽媽！我們會很努力的！」映雪說。

此時，映霜從她的罐子糖中，倒出一粒「巧克力味」的水果糖。

「媽媽，快吃吧！爸爸說巧克力味很罕有的！」映霜說：「可以讓人復活！」

「映霜……真乖……」日央也禁不住流淚。

同時，她已經來到了生命的最後盡頭，她慢慢把巧克力味水果糖吃下。

「很好吃……我已經……」日央的雙眼合上：「已經復活了……我要去……休息了……妳們……」

「媽媽！」她們大叫著。

我已經感覺不到日央的呼吸。

她已經……離開了我們。

永遠離開了我跟兩個女兒。

「哈哈哈！太好了！媽媽已經復活了！」我大笑：「已經離開了！哈哈哈！」

「媽媽去了哪裡？」映雪問。

「媽媽……媽媽……」我拍拍她的頭：「媽媽已經上了天堂！哈哈！映雪！映霜！妳們要努力啊！快到達99級就可以再見媽媽！現在就讓媽媽去睡一會吧！」

「知道！」她們兩個一起說。

「乖！」

我的一生中，從來也沒有這麼……**痛苦地笑過**。

從來也沒有。

日央，我不會辜負妳最後的遺願，我要讓她們兩姊妹擁有一個快樂的童年，就算是現在的環境，也要讓她們感覺就像……**童話故事**一樣。

怪物只是NPC，死亡也只是暫時GAME OVER，現在就只是……一、**場**、**遊**、**戲**。

我們一家四口擁抱在一起。

我感覺到日央最後留下的微溫，還有兩個女兒的體溫。

映雪和映霜對於日央離開，沒有過大的反應，因為，她們看到日央最後的表情。

沒有痛苦，只有幸福。

就像我們曾經在1112室，一起快樂生活的表情。

在日央離開前，她是……**笑著的**。

幸福地微笑。

她，笑著離開這個世界。

雖然跟兩個女兒相處的時間很短，就只有四年，不過，日央很滿足。

很滿足跟我們一起的人生。

我們一家四口的人生。

……

…

·

一星期後。

我把日央的身體清潔好，安葬在一個寧靜的地方。做了一些簡單的送行儀式，悼念我一生最愛的太太。

但願日央可以在天堂上快樂地生活。

我沒有讓兩姊妹參加儀式，因為在她們的世界，日央沒有離開，依然陪伴在她們身邊。

我決定了，當說到日央的事時，我永遠也不會在她們兩個面前流淚，我只會……

微笑著回答。

這是我跟日央的心願，不讓映雪映霜承受失去的痛楚。

康樂中學小食部的範圍，成為我們的暫時基地，因為小食部內還有足夠的食物。

殺死日央那隻怪體，我把牠困在學校天台，我沒有殺死牠，應該說牠早已經死了，我要牠每天經歷日曬雨淋，直至油盡燈枯。

那天後，我們清理了學校內的怪體，用木板把小食部圍封，在雜物房內拿出運動用的軟墊，成為我們的床鋪。

我們還封鎖了樓梯、禮堂到小食部的走廊、禮堂後的路段，還有前操場的去路，只餘下停車場的鐵閘，成為我們離開的出入口。

今天的天氣非常好，風和日麗，我跟兩姊妹來到校務處對出的石壆坐著。

她們吃著雪糕，我看著藍藍的天空。

「爸爸吃不吃？」映霜把雪糕給我。

「不了，妳吃吧。」我說。

「爸爸，天堂是什麼地方？」映雪問。

我看著禮堂外的一個十字架：「就是一個會得到幸福，快樂的地方。」

「我也想去天堂啊！」映霜說。

她的嘴角沾滿了雪糕，我替她清潔。

「放心吧，總有一天會去到天堂。」我笑說。

我沒有宗教信仰，不過，我相信只要是善良的人，就算沒有信仰，上帝都會安排善良的人去到幸福的天堂。

「我們真的沒法再見到媽媽了？」映霜帶點傷感。

「不，媽媽一直都在妳們的身邊。」我說：「妳們記得我玩那個《JoJo的奇妙冒險》遊戲嗎？」

她們想了一想：「記得！是打架的！」

「對，嘿。」我看著她們的身後：「那些角色背後都有一個叫『替身』的力量影像，媽媽一直也在妳們背後守護著妳們。」

映雪回頭看。

「啊！媽媽啊！」她突然說：「媽媽妳在守護著我們嗎？」

映霜也回頭看。

「媽媽！我很想妳啊！我會很乖的！等我們到99級就可以見面了！嘻！」映霜說。

我呆了一呆，在她們身後根本什麼也沒有。

此時，我的鼻子一酸，眼淚快要掉下來了。

不行，我說過，每次談到日央，我不會在兩姊妹面前掉下眼淚，我強忍著。

我不知道她們是不是真的見到日央，我只知道……

日央一定會一直守護著我們。

對嗎？

我最愛的妳。

我蹲下來，深深地擁抱著她們兩姊妹，我感受到她們身上溫暖的體溫。

我們一家四口，永不分離。

直至永遠。

PART II 序幕

PART II 序幕

寶雅幼兒學校。

牆壁上貼滿兒童畫的粉彩畫，彩色繽紛，充滿了生氣。

一個人正在吃著隨身攜帶的Energy Bar。

他的一邊臉包上了紗布，紗布滲出了血水，很明顯是受了嚴重的灼傷。

他是三天前遇上了「橫頭怪」的張大兵。

當天，他跟那隻怪體交戰，那隻「新品種」的怪體能夠看到東西，讓大兵臉上受到嚴重灼傷，當時只有一個人的他，不是「橫頭怪」的對手，最後大兵逃到了幼稚園，逃過一劫。

他一面看著粉彩畫一面吃著。

「媽的，小朋友真的有創意，太空人怎會坐著一條狗在天空飛？嘿。」

就在他悠閒地欣賞著粉彩畫時，他發現了一幅奇怪的畫，他呆了一樣看著。

畫中是一個頭部變長的小孩，全身也是黑色，在他的眉心有一個交叉的疤痕……

畫中的小孩，就像在太和邨出現的怪體！

「怎會……」大兵皺起眉頭。

他看著粉彩畫左下方的名字……**彰映霜**。

「難道這個女孩……」大兵心想：「比任何人更早已經發現了怪體？」

大兵把畫拿了下來，他一定要找到這個叫彰映霜的女孩。

……

……

……

太和邨加油站的便利店內。

幾天前，幾個在郵政局被救的人，正在這裡休息。

「你的槍根本沒有用，要像我用斧頭才可以把牠們的頭劈下！」一個穿著消防員制服的男人說。

「我已經改裝了警棍。」另一個穿著警察制服的男人說：「加上了軍刀，可以一擊必殺！」

他們是方消水與劉仁偉。

那天，他們沒有逃走，選擇了救人，雖然最後只救出幾個人，不過，他們沒有辜負自己小時候想當警察與消防員的原因與理念。

不是為了金錢與假期，他們真真正正想幫助有需要的人。

「消水！仁偉！」一個被他們所救的男人，心急地叫著他們。

「什麼事？」消水問。

「那個學生……那個學生……」

沒等他說完，他們二人一起走進便利店的後倉，一個穿著校服的學生被手扣鎖在角落，他在不斷掙扎！

他是在天台講鬼故的男學生，朱大勇！

他的瞳孔放大到看不見眼白，很明顯他快要變成怪體！

不過，這已是他第五次出現這情況，卻沒有真正的變異！

掙扎了一會後，朱大勇低下了頭，然後緩緩抬頭。

「我……我又發作了嗎？」他問。

消水與仁偉對望了一眼。

朱大勇沒有變成怪體，究竟是什麼原因？

他究竟是人類？還是……怪體？

……

…

．

大埔頭啟智學校。

數天前，侯清哲與趙欣琴從東鐵線羅湖方向逃出了太和邨。

他們是整條太和邨中，唯一能夠逃出去的人，不過……

啟智學校的一個房間中，清哲與欣琴背對著背被人綁在一起。

「他們會不會把我們當成實驗白老鼠？」清哲問。

「我們也沒有變成怪物，應該不會吧……」欣琴說。

雖然他們成功逃出，卻被外面的軍方人員捉個正著，把他們帶到了這所啟智學校。

學校已經被改建成生物病毒中心，他們根本不知道為什麼要帶他們來到這裡。

此時，一個全身也穿著保護衣的白袍女人走進了房間，她叫……紫式部。

「這幾天你們也沒有變異，我們要進行另一項實驗。」女人說：「誰想先做實驗？」

幾個白袍人走向了他們二人，其中一個人看著欣琴。

「就妳……」紫式部說。

「我先做！」清哲搶著說。

欣琴看著這個只認識了一星期多的男生。

「帶他走！」紫式部說。

「清哲……」欣琴沒想到他會為了自己而被帶走。

「沒事的……」清哲擠出了笑容：「我很快會回來……」

欣琴已經不知道能夠說什麼，她只能眼巴巴看著清哲被帶走。

她的眼淚流下來了。

……

…

.

康樂中學校長室。

中學小食部被月側他們封鎖起來，校長室與禮堂被隔開，他們不知道原來學校內還有「活人」。

她就是在老瘦身上打針的……張開萍！

她早早已經從禮堂後台的側門逃了出來，這幾天，她一直暗地裡觀察月側一行人的舉動。

「噠……噠……噠……」

校長室傳來了怪體的聲音，張開萍不逃走？

不，她根本不用逃走，因為這一隻怪體是她所養的「寵物」。

怪體的兩手兩腳已經被斬斷，頸部被鎖鏈鎖著，完全沒法動彈，同時也沒法死去。

牠是張開萍提取血液的好寵物。

張開萍看著手上注滿了怪體血液的針劑，在自言自語。

「不知道小孩打入血液會有什麼反應呢？嘰嘰嘰。」

她所說的小孩，就是……映雪與映霜！

她的下一個目標就是她們！

「乖乖，我很期待結果。」張開萍看著那隻怪體說：「你也很期待，是不是？」

在昏暗的校長室，她一個人在奸笑。

發出了比怪體聲音更心寒的笑聲。

……

…

．

《太和邨》第二部。

繼續帶你進入一個黑暗、人性、血腥、恐怖、被困、逃出，充滿不明生物的……「童話故事」世界。

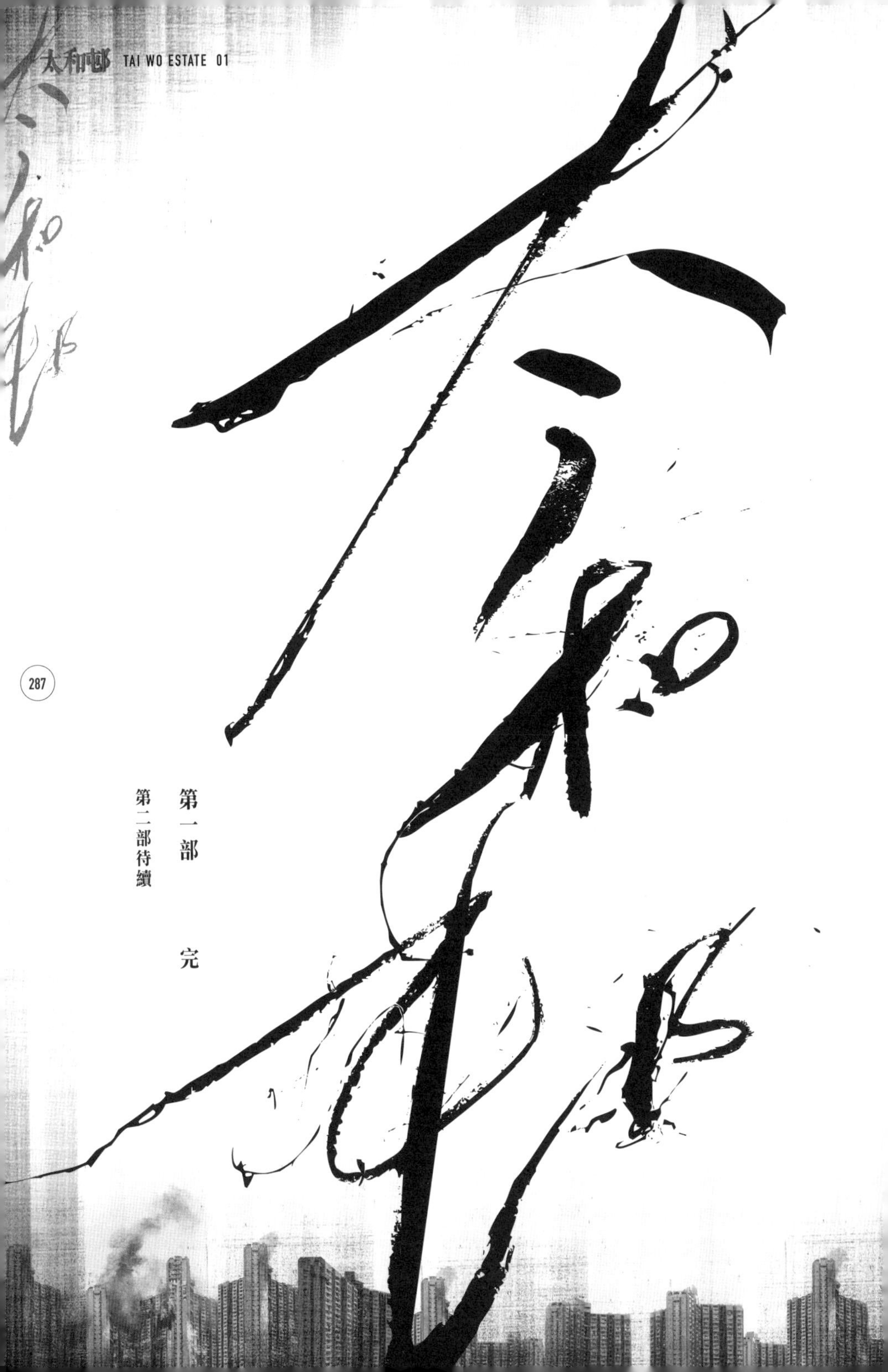

第一部　完

第二部待續

大和邨

TAI WO ESTATE 01

孤泣作品

編輯／校對 ： 首喬

設　　計 ： @rickyleungdesign

出　　版 ： 孤泣工作室有限公司
荃灣德士古道 212 號 ,W212,20/F,5 室

發　　行 ： 一代匯集
旺角塘尾道 64 號 , 龍駒企業大廈 ,10 樓 , B&D 室

承　　印 ： 美雅印刷製本有限公司
觀塘榮業街 6 號 , 海濱工業大廈 ,4 字樓 , A 室

出版日期 ： 2024 年 7 月

國際書碼 ： 978-988-75831-4-1

孤出版　HKD $118

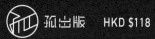